不恋过往 不负流年

林清玄 著

线装书局

图书在版编目（CIP）数据

不恋过往　不负流年 / 林清玄著. — 北京：线装书局，2015.2
ISBN 978-7-5120-1695-8

Ⅰ. ①不… Ⅱ. ①林… Ⅲ. ①散文集—中国—当代 Ⅳ. ①I267

中国版本图书馆CIP数据核字(2015)第002139号

不恋过往　不负流年

著　　者：林清玄
责任编辑：杜　语　孙嘉镇
排版设计：王　玥
出版发行：线装书局
地　址：北京市西城区鼓楼西大街41号（100009）
电　话：010-64045283　64041012
网　址：www.xzhbc.com
经　　销：新华书店
印　　制：北京上元柏昌印刷有限公司
开　　本：620mm×889mm　1/16
印　　张：12
字　　数：115千字
版　　次：2015年2月北京第1版　2015年2月第1次印刷
印　　数：10000册

定　　价：29.80元

【目录】

序 言

保持活力，充满热能

1

住在乡下的时候，我习惯于清晨在林间散步。

时常会发现散落在林间地上的昆虫尸体，特别是飞蛾和金龟子的尸体，总会掉落在路灯杆的四周，想必是昨夜猛烈扑火的结果。

飞蛾有着色彩斑斓的双翅，金龟子则闪着翠绿的荧光，在灰色的泥土地上令人心惊：生命是如此短暂脆弱，经过一场火祭就结束了。

“这样猛烈地扑火，甚至丧失生命，既没有奖赏，又没有欢乐，为什么它们要这样世世代代地扑火呢？”我一想到这里，就忍不住感到悲悯。

山上有一位热心的老人，每天清晨义务来清扫林间的小路，他告诉我：每日扫起的飞蛾和金龟子的尸体有一畚箕，他把尸体都埋在凤凰树下，使凤凰花年年都开出火红的花。

除了昆虫，老人说："每天还会扫到几只蝙蝠哩！"

"地上怎么会有蝙蝠呢？"

"还不是撞到树吗！蝙蝠夜里出来捕食蛾蚊，用声波辨路，偶有出错的时候，就撞树了！"

老人十分感慨地说："飞舞于林间的蝙蝠，时时刻刻都在避免撞到树，却偶尔会不小心撞树。同样在林间飞舞的彩蛾，却一再去扑火，直到丧命为止。眼盲的蝙蝠是多么小心翼翼，眼明的飞蛾又是多么的肆无忌惮呀！"

"如果蝙蝠眼亮一些，飞蛾青盲一些，那该有多好！"老人说。

2

我沿着老人扫过的山路回家，路上还有新扫的竹扫帚的痕迹，林间的空气散放出花草的芳香。

我想到，晚一点走这条路的人，一定不能想到，就是刚刚，地上还有许多色彩斑斓的飞蛾，还有许多金光闪闪的金龟子，为某一种不可知、不可理解的信念，撞死在林间。

或者，也有一两只不小心撞落的蝙蝠。

蝙蝠天生有弱视的盲点，使它偶然逢到生命的灾难。

飞蛾天生有扑火的习性，使它必然扑向火焚的结局。

在偶然与必然之间，生命是这样令人叹息！如果，蝙蝠的眼睛像飞蛾那么亮，而飞蛾的习性像蝙蝠那么小心，该有多好呢！

生活在天地间的人，幸而不是蝙蝠，也不是飞蛾，但也免不了有撞树的盲点与扑火的执着，总是要经过很多次的碰撞与燃烧，才能睁开眼睛、小心戒慎。

我们思考蝙蝠撞树和飞蛾扑火的道理，才会发现那些还在撞树和扑火的人，是多么可悯。

3

到了山下，我坐在一个大石上休息，远望着环抱我的山林，觉得一个人要保有一些澄明与宽容的心情，来观照世间的现象才好。

这些年，我的心情也常常走到山下，走到飞扬着尘土的人间，那使我深信，一个人出离世间做自我的完成，还不如与人世的因缘一起完成；而世间的不公平、不公义的改革，与普度众生的思想，在精神上是相呼应的。

也是怀抱着这种心情，我写下了这套书，这是其中一本，抒发了“一个人活在世间应该保持活力，充满热能与梦想，去触及那更高的巅峰。如果热情失去了，气球也就坠落了”的感怀。

下午喝茶的时候，看着春天里明媚的阳光，我还在想，如果蝙蝠和飞蛾都愿意在阳光下飞翔就好了。

林清玄

台北永吉路客寓

月光少年

在这温柔的月光下，
我们能给少年什么样的爱?
在无边的黑夜，隐身于月光的少年，
又有什么样的梦想与将来?
失去远大梦想的少年，
又和植物人有什么不同呢?

我们走进某一夜的月光，又走出来，人生的经验亦然。

从中华路走到汉口街的“台映试片室”时，发现西门町在这二十年来的变化实在很大，许多广告牌和街道虽然是原来的样子，却有一种陌生之感。

与从前的繁华相比，西门町有点像迟暮的美人，白天已经掩饰不住皱纹，只有到了晚上，才勉强振作精神，浓浓梳妆，然后走出一个徐娘来。

西门町有点老了，作为一个城市的老城区，这是无可奈何的事，城市本来就是不断地变迁和移动的，就像有一个出租车司机告诉我：“谁能想到从前到处是稻田和坟墓的地方，现在叫作‘信义计划区’呢？谁又会想到从前在偏远郊区的民权东路殡仪馆，现在正好在台北市的市中心呢？”

西门町只是愈移愈偏远了。

那就像，我们心中关于西门町的记忆，也是一天一天地在变远，因为生命本来也是不断变迁和移动的。

要到“台映试片室”时，使我想起年少时代对一切的艺术都是那么狂热，把每个月几乎连分毫都难以移动的生活费，挪出一部分去看电影、看表演、买书。

后来觉得太奢侈了，到处打听怎么样可以免费接触到艺术，例如不买书，到图书馆去借书；例如不买票，打听舞蹈、戏剧彩排的时间去看表演；例如打听各家试片室的放片时间，去看第一手的电影。例如万不得已买票看表演，总买最便宜的票去坐前排的空位，后来我才知道凡是表演，前面一排的位置会留给大官，十排、十二排则留给媒体和贵宾，我很庆幸许多大官和记者没有时间去看表演。

“台映试片室”是我在学生时代常去看试片的地方，通常试片都会有更详细的影片资料，甚至偶尔还有饮料和点心招待。使得没有钱看电影的我，留下许多温馨美好的回忆，我虽然不经常去看电影，但只要是好电影，总会想办法写影评来回馈招待我的影片公司。

非常讽刺的是，在我从事传播工作以后，每星期都有人招待我看表演、看电影，而我通常没有时间去看，这时我就会期望，有一个隐在角落不知名的少年，会去坐那一个为我而空下来的位子。

我今天到这随着西门町老去而旧了很多的“台映试片室”，是来看我在世新电影科的同学余为彦导演的新片《月光少年》。余为彦是我的同学中，少数真正对电影有热情的人，在电影圈打滚了十几年，始终坚持理想，从他参与的《牯岭街少年杀人事件》，和他导演的《童党万岁》看来，他对电影创作实在有异于常人的信念。

到了《月光少年》，他关注了植物人灵魂的问题，他关心着一个少年的幽微梦想，他对电影形式的创新与电影艺术的信念，都使我有着感动之情——在这温柔的月光下，我们能给少年什么样的爱呢？在无边的黑夜，隐身于月光的少年，又有什么样的梦想与将来呢？

失去远大梦想的少年，又和植物人有什么不同呢？

台湾电影界最令人期待的地方，正是有一些电影的终极分子，他们对电影的人文、艺术、理想，始终怀有锲而不舍的精神，并且努力实践。

走出“台映”，台北正午的闷热，使我感觉一种如梦的气氛，想起从前和一些热爱电影的朋友，在月光下的院子辩论电影的情景。

从前那种非常人文、非常艺术、非常纯粹、非常理想的少年情境已经回不去了，这倒使我有点惭愧起来。

正像我们走进西门町，又走出西门町；我们走进某一夜的月光，又走出来，人生的经验亦然，生命是不断在变迁和移动的。

而，月光，每一夜的月光都相似，每一片月光却又那样不同！

快乐真平等

不幸福，斯无祸；

不患得，斯无失。

不求荣，斯无辱；

不干誉，斯无毁。

善人富谓之赏，淫人富谓之殃。

有一个社团来请我演讲，令我感到意外的是，这社团参加的人至少都拥有上亿的财富。

我从来没有为这么有身价的人演讲过，便询问来联络的人："这些有财富的人要知道什么呢？"

"因为他们拥有太多的财富，有一些人已经失去快乐的能力！"

"怎么会呢？有钱不是很好的事吗？"我感到疑惑，可能是我从未想象有那么多财富，因而无从理解。

"会呀！一般人如果多赚一万元会快乐，对有十亿财产的人，多赚一百万也不及那样快乐。有钱人吃也不快乐，因为什么都吃过了，不觉得有什么特别好吃。穿也不快乐，买昂贵衣服太简单，不觉得穿新衣值得惊喜。甚至买汽车、买房子、买古董都是举手之劳，也没有喜乐了。钱到最后只是一串数字，已经引不起任何的心跳了。"

不只如此，这位有钱人的秘书表示，富有的人由于长时间的养尊处优，吃过于精致的食物，缺乏体力劳动，健康普遍都亮起黄灯和红灯，高血压、心脏病、糖尿病者比比皆是。

他说："林先生，到底有什么方法可以让有钱的人也得到快乐，拥有健康的身心呢？"

这倒使我困惑了，这世界上似乎有许多的药方，以及祖传的秘方，却没有一种是来治愈不快乐的，如果有人发明了这种秘方，他可能很快变成富有的人，连自己都会因财富而失去快乐的能力了。

我时常觉得，这世界在最究竟的根源一定是非常公平的，这不只是由于因果观点，而是一个人在一生中所能享有的福气有限，一旦在某方面有所得，在另一方面必然会有所失。虽然一个人也可能又有财富，又有权势，又有名声，又有健康，又有娇妻美眷，又能快乐无忧，但这种人千万不得一，大部分人都是站在跷跷板上，一边上来，另一边就下去了。

对于富人的问题，宋代思想家林逋在《省心录》中说："安乐有致死之道，忧患为养生之本。"又说："心可逸，形不可不劳；道可乐，身不可不忧。"意思是在生活上适度地欠缺，其实是好的，适度地劳动或忧患，不仅对人的身心有益，也才能体会到幸福的可贵。《左传》里说得更清楚："善人富谓之赏，淫人富谓之殃。"（和善清净的人富有了，是上天的奖赏；纵欲淫邪的人富有了，正是灾祸的开始。）

清朝的魏源在《默觚下》中说："不幸福，斯无祸；不患得，斯无失；不求荣，斯无辱；不干誉，斯无毁。"对得失与代价的关系说得真好。生活的喜乐也是如此，想想幼年时代物质缺乏严重，不管吃什么都好吃，穿什么新衣都开心，换了一床新棉被可以连续做一个月的好梦——事实上，在最欠缺的时候，一丝丝小小的得，也就有无限的幸福；什么都不缺的时候，却是幸福薄似纱翼的时候呀！

我很喜欢李商隐的两句诗："欲就麻姑买沧海，一杯春露冷如冰。"（我想从麻姑仙子那里把沧海买下来，没想到她的沧海只剩下一杯冰冷的春露。）我们在人生历程的追求不也如此吗？财富、名位都只是一杯冰冷的春露！

但富人不是不能快乐，只要回到平凡的生活，不被财富遮蔽眼睛，发掘出人的真价值，多劳作、多流汗；培养智慧的胸怀，不失去真爱与热情，则人生犹大有可为，因为比财富珍贵的事物多得是。

如果埋身于财富，不能解脱，那么"末大必折，尾大不掉"（树枝末梢太粗大，树干一定折断；动物的尾巴太大了，就不能自由地摇动了。语出《左传》）。如何能有快乐之日？心里不自由，身体自然难以健康了。

不过，我对富者的建议，可能是不切实际的，因为我不是富人，无从知悉他们的烦恼。

假如富人也还是人，我的意见就会有用了。站在人本的立场，这世间的快乐和痛苦还真平等呢！

山水有情，人文有憾

在婆娑之洋、美丽之岛，
我们如果要以感恩的情怀来报答
这有情山水，就要以全社会之力
来发展“人本教育”才好。

平等、自由、博爱才是可期待的。

我一直服膺人本教育思想的一个信念，就是对孩子不应该施以体罚的教育，这“体罚”不只包括肉体的惩罚，也包括语言的威胁或辱骂。

那是因为成人的本身并不完美，因此对孩子的体罚充满不确定性，容易受到个人情绪与挫折所左右。纵使体罚孩子有任何神圣的动机，都很容易失控，造成孩子身心永久的伤害。

何况如果体罚有了正当性，不仅父母可以体罚，老师可以体罚，长辈兄姊都可以体罚，那种不确定性就更可怕了。体罚的暴力最可怕的，倒不是这种不确定性，而是父母以强大的威权加诸毫无抵抗力的孩子，孩子即使无辜也只能任凭处置，有点像古代的州官“不管什么原因，先拖出去打八十大板”，有许多板子是白挨的，但是也只能白挨，因为没有反抗的能力。

父母或老师的“威权统治”是建立在一个极为薄弱的基础上，这基础便是“孩子不敢反抗”。从小被打到大的孩子，到了十八岁就没人敢打了，因为他已经有能力抵抗，老师再用体罚，可能会被“盖布袋”，父母再体罚，孩子就离家出走了。如果孩子性情凶横一些，心里积压更多的怨恨，那么杀老师、弑父母的事就会层出不穷。

再进一步，自幼被体罚的孩子长大之后，他可能会失去沟通与表达爱意的能力，因为生长在“动不动就出手打人”的环境，也不会觉得打人是什么严重的事，于是对陌生的路人可能“动不动”就拳脚相向，对自己的朋友也可能“动不动”就反目相杀，对自己的孩子就当然是“棒头出孝子”了！

因此，体罚孩子所付出的社会成本、社会代价非常之高，那些失去威权的“施暴者”往往就会反过来成为“被施暴”的对象，而整个社会就会沦陷到充满了仇恨、怨怒、暴力的气氛中。

反对体罚孩子的人本观点，从更深层的社会结构来看，就是反对暴力，讲求沟通；反对仇恨，讲求包容；反对强势者欺压弱势者，讲求弱势者的人权；反对手持棍棒者打击赤手空拳者，讲求法理与实际的平等——如果一个人还会没头没脑，乱棒打自己的孩子，他就无法了解这种深层结构。

一个缺乏人本教育思想的地方，不可能建立一个人文、人道、祥和的社会，这是毫无疑义的。

我们不可能互相粗暴对待，又自夸在追求民主与人权之路，那就像我们不可能一边打孩子，一边向孩子说我们爱他一样。

我们也不可能向孩子说族群应该融合、相爱，在他们看到电视上那些头破血流的画面之后。

在这个世界上，没有人足够完美到可以“驱逐”“消灭”别人的思想和意见；也没有人完美到可以“反制”“棒打”别人的思想和意见。我们确实应该多花点心力在人本、人文、人道的教育上，平等、自由、博爱才是可期待的。

最近，宋楚瑜就任发表谈话时说他热爱台湾省的山水，说了一句感人的话“山水有情”，确实在婆娑之洋、美丽之岛，我们有很多好山好水，但是发生了高雄这种大规模的暴力事件，也可以说是“人文有憾”，我们如果要以感恩的情怀来报答这有情的山水，就要以全社会之力来发展“人本教育”才好。

心灵的高点

不论宗教或是音乐，
都是在使我们通向心灵的高点，
与飘浮在太空的天籁相应，
在其中确定心的高度。

有一种情怀、一种境界超越了这一切。

钢琴家刘美贞送给我两张彼德·利兹（Peter Ritzen）作曲演奏的唱片，一张是《钢琴作品集》，另一张是《净土》。我在旅行的时候，带着一部CD随身听，在火车上听这两张唱片，心中十分感动，就在流逝的火车窗景中，仿佛飞到了远方的天空。

我想到，去年的春天，刘美贞打电话给我，说到她的夫婿彼德·利兹作了很多新曲，都是有关宗教的，希望我能听听看，并为他的曲子和唱片取名。

美贞是高雄县六龟人，算来是我的同乡，她曾是杰出的钢琴演奏家，自从嫁给彼德·利兹之后，自己就很少从事钢琴演奏了。彼德·利兹是天才型的钢琴演奏家，出身于比利时皇家音乐学院，除了演奏之外，也擅长于作曲，特别是他的即兴演奏及即兴作曲，才华洋溢，在世界各地巡回演奏时得到很高的评价。

彼德·利兹自从娶了中国太太之后，非常热爱中国，不仅时常来台湾省演奏，作曲风格也明显地具有东方色彩，虽然他是虔诚的天主教教徒，作品中好像也具备了东方宗教的特色。

美贞对我说："你帮他听听看，是不是有佛教音乐的味道，他作的是天主教的弥撒曲，我觉得两者是很相通的。"

我听了彼德·利兹的宗教音乐，深深觉得在音乐家纯粹的心灵中，宗教哪里有什么界限呢。天主教的音乐家以诚心创作的音乐，里面也有着深刻的禅意。于是，我为他的曲子取了“钟声响起”“慈光普照”“心灵织锦”“天女散花”“祝福诗偈”“极乐净土”“莲花化生”的名字，听起来就有更充沛的禅心了。

然后，唱片就叫《净土》。彼德·利兹自取了一个英文名字“中国弥撒”（China Mass），我想到，这位极具天赋的钢琴作曲家以心灵来探讨极乐净土的努力与用心，应该是各种宗教的人都可以欣赏的吧！

去年，美贞还在担心《净土》的出片问题，现在以这么精美的面目出现，可见好的音乐是不会寂寞的。

不久前，杨锦聪兄送我两张韩国作曲家金永东的作品《禅》，一张名曰“参松”，一张名为“山行”，听的时候，令人自然地想起日、月、云、雨、飞鸟、游鱼、黎明、黄昏等自然的现象，温馨、空灵、充满了冥想的芬芳。

我觉得不论是什么宗教，或什么音乐，都是在使我们通向心灵的高点，与飘浮在太空中的天籁相应，在其中确定心的高度。站在自然的高点看来，宗教与音乐之间有什么分隔呢？分隔着的只是俗人们分别的心罢了。

火车在田原中穿行，这田野虽是冬日，也有丰润翠绿之姿，使我想起南方的农田。也许，彼德·利兹在比利时的乡间散步时，金永东在韩国的松林中呼吸时，也与我有一些共同的感动吧！

一个艺术家，特别是以宗教为素材的艺术家，应该是微笑地看着凡人在宗教藩篱中争执，看着俗众在法执的迷宫里大声争吵，而独自默默走向心灵的高点，因为在心中深信，有一种情怀、一种境界超越了这一切。

山岚出岫，花雨飞天，虫鸟苏醒，古木沉静，兰桂松香，山高水远……眼前这一切，哪里不是法身呢？

美丽与正义

我们绝对不可能在丑陋的心灵中
寻找正义、道德、公理，
就像我们不能用浑浊的河水照镜子，
或手伸进滚烫的沸水中取珍珠一样。

一切生命中好的价值，都是来自一个美丽的心灵。

屏东“警察局”辅导室邀请我到屏东市，为警察朋友演讲。

“要讲些什么呢？”

“谈一些关于心灵的问题，例如正义、道德或慈悲。”辅导室的朋友说。

凡是一切生命中好的价值，像正义、道德、慈悲、公理、关怀、无私、智慧等，都是来自一个美丽的心灵，如果有了美丽的心灵，其他的情况就很自然地展现了，我说。

于是，我向警察朋友演讲的内容，便是如何建构一个自由又美丽的心，假设没有美丽的心做基础，正义可能成为严苛的正义，道德可能成为残酷的道德，公理也会成为冷漠的公理。警察人员是正义的化身、道德的象征、公理的标尺，但警察最重要的内在特质不是正义、道德以及公理，而是趋向美丽的心灵与理想主义的良知。

我们绝对不可能在丑陋的心灵中寻找正义、道德、公理，就像我们不能用浑浊的河水照镜子，或手伸进滚烫的沸水中取珍珠一样。

从屏东才刚回到台北不久，就听说“调查局”的执法人员因涉及强暴案，其中的一位拥有博士学位，其中一位正在学习俄文。这两位调查员背景、训练、素质都是不错的，可悲哀的是，他们所涉及的强暴案令人感到丑陋无比。

虽然这两位调查员并未“亲身”涉案，但作为正义、道德、公理的化身，竟可以眼见无辜的女性被强暴，不加以阻止，事后还帮忙掩饰，这样不美丽的居心，显然是平常人也不屑为的，想起来不叫人心寒、齿冷、全身发颤吗？

或者说是由于酒精的催化，使得正义、道德、公理被摧毁了，值得思考的是，执法的人可以在公共场所无限制地酗酒，以致身边发生强暴案也视若无睹吗？再者，一个人若有美丽的心灵为背景，环境纵使转化，也不至于变成衣冠禽兽的。

可见，美丽的心灵与正义的品质中间有极密切的关系，唯有使两者结合，正义才能真正落实，才不会变质。想一想，如果一个执法者有美丽的心，怎么会举枪自尽？怎么会包娼包赌？怎么会贪污舞弊、欺压良民？当然更不会发生这种公然护卫歹徒强暴民女的不可思议的事了。

从这里，我们可以知道执法人员的训练，不只在观念或技术上加强，培养他们有美丽的心灵，有人道的胸怀，有人文的素质，有理想主义的追求，是更为重要的。

美丽与正义的关系，不只存在警察人员，而是所有的人都需要的，包括公务人员，就像最近几个月引起紧张的花莲作票弊案，所有的证据都指向花莲市“市长”魏木村，事证再明确不过了。

但是，身为“市长”的魏木村不仅不承认自己涉及作票，并且一口咬定是“国民党主流派设计陷害”，是“政治迫害”。这种说法十分可鄙，国民党主流派怎么会勾结魏嫌的弟弟和市公所人员，来陷害自己的哥哥和主管呢？国民党吃饱饭没事干，要来陷害自己提名的党员同志吗？

一个台湾当局的公务员，贵为“市长”，言行如此，可见我们的人文教育、心灵教育多么失败，令人忍不住绕室三叹了！

再想到近日高雄的暴民事件，愈发感觉到不只是台湾当局的官员、警政人员，一般老百姓的性灵美丽之难求、之必要了！

云与彩虹的故乡

永恒，或者短促；

偶然，或者必然；

伟大，或者平凡；

云霞，或者彩虹……

啊！生命是如此的难知！

一个明星就应该像赫本那样，发光、闪烁，照耀人间，才能无愧于投生苦难的人世。

看华视为女星王玉玲做的纪念专辑，虽然整个专辑以一种轻松趣味的调子进行，仍令人感到哀伤，想到一位演员成长的不易，犹如一朵花之盛开，在盛开时预示了凋零的必然。

夜空的明星一闪而逝，幕已经落了。

山岚孕积了很久才形成一朵云，没想到云的形成是为了出岫。

风雨过后才是彩虹，但彩虹的光灿多彩总比风雨短暂得多。

在夏威夷美丽的风景中落海丧生的王玉玲，生前最喜欢的歌是《碧海蓝天》（*The Big Blue*），与朋友谈到死亡时，说她最不喜欢那种繁复的死亡，诵经、法事等，最好是一种单纯的、快速的离开……她的这些话语是不是一种预言呢？如果是，每个人在一生中多少有类似的预言，只是有很多被遗忘了。

我们会对王玉玲的死亡感到难过痛心，那是因为她是个杰出的演员，她是二十八岁的红颜，想想“神话 KTV”“论情西餐厅”里不也有许多同样年轻、充满了生之希望的孩子吗？他们的死不也一样的意外和突然吗？我们是不是有同样的难过和痛心呢？谁应为这些年轻的生命负责呢？

今年过年的时候，我最敬仰的电影明星奥黛丽·赫本病逝了，回想起少年时代看《罗马假日》《窈窕淑女》《蒂凡尼的早餐》《修女传》《盲女惊魂记》的情景犹在眼前。又想到《战争与和平》《偷龙转凤》《罗宾汉与玛莉安》，赫本那不凡的神采，就仿佛是一则传奇从银幕走出来，介于虚幻与真实之间。

然后在我们成长的过程中，知道奥黛丽·赫本把她的晚年全部奉献给在灾难痛苦中呻吟的儿童，以联合国亲善大使的身份多次深入非洲，挽救在死亡边缘的儿童。

在电影里，她是个明星，启示我们爱情、希望和梦想，使我们带着欢愉的记忆成长。在真实的人生，她是个圣女，以平凡的骨肉之身，一边与癌症长期搏斗，一边做解救众生的工作。她虽然死了，但在电影史为我们留下灿烂的一页，在人生的试炼也为我们建立了美丽的殿堂。

我想，一个明星就应该像赫本那样，发光、闪烁，照耀人间，才能无愧于投生苦难的人世。

过年的时候，我一直想为奥黛丽·赫本写一些纪念的文字，但想到她的一生可以说是了无遗憾，还需要什么语言的赞美呢？没想到才一星期，就听到王玉玲坠机的消息，心怀哀伤，就更难为赫本说点什么。

王玉玲没有奥黛丽·赫本明亮，就如同星夜里的大星星和小星星。可是，或者王玉玲也有机会走向和赫本相同的道路，逐渐成为闪亮的明星，并照耀尘寰，为苦难的世界带来光热。

可惜，不管是云或者彩虹，都消失而飞远了。

奥黛丽·赫本给我们的启示是，闪烁的明星也有永恒的可能，任何人都可以从自我站立的地方开启不凡的胸襟，迈向伟大之路。王玉玲给我们的哀伤是，生命是如此短促，如此偶然，如此不可测度，纵使是天边的明星也有难知的际遇，那么，我们该如何来面对生命的未竟之路呢？

永恒，或者短促；偶然，或者必然；伟大，或者平凡；云霞，或者彩虹……啊！生命是如此的难知！

童话余音

大人物与小人物的不同，
从宏观的角度看来，
只是一厘米和一毫米的距离罢了。

大人物有大人物的困扰，小人物有小人物的悲哀。

查理王子和黛安娜王妃终于宣布分居了，为全世界还有一丝浪漫幻想的人，画下最后一道休止符。

从此，我们知道，王子和公主结婚之后，不是“从此过着幸福快乐的日子”，而是有外遇、有拌嘴、有冷眼相向的时刻。

既然王子和王妃合不来，各自去追求幸福不是很好吗？但是碍于皇室的规定，王子和王妃不能离婚，只能分居，并且“规定”两人在公共事务的场合必须一起出现。如果硬是要离婚，黛安娜王妃日后的王后之位立即不保，查理王子也可能为此丧失王位的继承资格。（想想也对，一个王子连家事都处理不好，还当什么国王？）

由于查理王子和黛安娜王妃的婚变，英国历史上许多国王和王子的糗事都被挖掘出来，婚姻不幸福的国王比率还真的很高呢！王子和公主的结局几乎可以改成：“从此过着不幸福不快乐的日子！”

在这些“不幸福档案”中，我们得到一个很好的启示，历史上，不管是皇帝、国王、总统、总理都只是极平凡的人，和一般人没有什么不同。我们在历史课本和典籍中，看到那些“过度伟大”的人，事实上，都是“过度包装”的结果呀！

任何人，在无限的宇宙时空中，都是很渺小和短暂的，大人物与小人物的不同，从这种宏观看起来，事实上只是一厘米和一毫米的距离，只是秋毫和鸭毛的不同罢了。

大人物有大人物的困扰，小人物有小人物的悲哀，但是在无常风吹动的时候，不论是大小人物都只是狂风中的一粒尘沙，完全无能为力。

一个社会如果要和谐，就需要人人都有这种渺小有限之感，天下乃不是一个人的！一个社会要发展，必须人人深思自己的不足，要互相弥补、互相监督、互相提醒，小自婚姻制度，大至民主政治都是因此而设置，也因此产生其价值。

试问：一个人如果够伟大、无限、一切具足，还需要什么婚姻？

试问：一个政权如果够伟大、无限、一切具足，还需要什么民主政治？

悲剧的发生，往往在于渺小、有限、不足的人，却膨胀成为伟大、永恒、完美、毫无缺失。但那是不可能的，完美者不会生在人间。

任何一个人放在“完美”的天平上衡量，都会显示出他的缺失吧！只看能不能坦诚以对，像这次查理王子和黛安娜王妃的婚变，英国皇室与社会都能坦然面对，还是令人羡慕的。

真情最感人

艺术创作，最重要的是情感的要素，
欠缺情感的艺术形式，
尽管再完整，
也只是一则钻石的广告影片罢了。

所有的艺术形式，只有真情最感人。

《油炸绿西红柿》在电影院上映时，我去排队两次都没有买到票，后来事忙抽不出时间再去，竟然下线了，想起来颇感到遗憾。

有时候觉得自己一把年纪了，不应该再有什么浪漫情怀，像是排队买票看电影、看芭蕾舞，甚至看实验剧什么的。可是每次遇到特别好的表演或电影，仿佛蛰着的虫听见了春日的雷声，就像二十年前那样傻里傻气地去排队，看到特别动人的，甚至去看两三遍，像《布拉格的春天》，就是一看再看，事后想来真是傻瓜。

有时候也会因为朋友说一本书好看，步行到书店去买，一口气读完，放两三天，再细细地读过一次。

像最近读的一本德国小说《香水》(Patrick Sliskind 著，黄有德译)，就是和朋友打羽毛球时，他说："我觉得这本小说很好看，你应该看。"我是个相信朋友的口碑甚于书评和广告的人，找来一看，果然为之动容。《香水》是一本冷到令人打战的小说，然而作者对嗅觉的描写之繁复细腻，真是匪夷所思，撼人心魄。

我读了，对朋友说："《香水》这本小说最大的成就，是它完全没有感情，最遗憾的也是它完全没有感情。"

“你中了浪漫的毒害还不是普通的深呢！”朋友消遣我。

真的，像我们这种到了四十岁的人，如果说浪漫是一种毒害，还宁可中毒呢！因为浪漫——或者说对人生的真情——正摇头摆尾地游到对岸去，连尾巴好像也有点捉不住了。被毒、被电一下，有什么要紧?

前几天读报纸，看到《油炸绿西红柿》在郊区的一家电影院还在演，心里不禁欢喜，当然《油炸绿西红柿》的录像带早就出来了，但我总认为“好电影一定要在电影院看”，因此冒着台北交通堵塞的险，跑到郊区去看电影。一路上想起学生时代，为了看早场电影，“透早就出门，天尾渐渐光”的情景，嘿，人虽然会老，有些感觉好像那么真切，总也不老。

戏院门口买了一支玉米，埋在黑暗里，看这一部好几位朋友向我推荐的电影。戏里叙述一位老太太和一位年近中年、平凡肥胖的女人如何建立起深刻的友谊。戏中有戏，老太太借着回忆，说出一个动人的友情故事，交叉进行，互相启发、互相激荡，平庸的中年妇女因为听了一个友情的故事，甚至改变了人生观，成为勇敢、积极、有思想的女性。

电影的技法并不是很新的，思想也很传统，看得依然令人低回不已，原因就是友谊，关于友情的芬芳，时时从二十世纪五十年代的庭院散放出来。

看完电影，我在夜暗中返家时，深深感觉到，不论电影、文学、音乐、美术，乃至所有的艺术形式，只有真情最感人，形式或技法固然十分重要，最重要的是感情的要素，欠缺情感的艺术形式，尽管再完整，也只是一则钻石的广告影片罢了。

因此，《香水》这样冷酷的小说，确实令人目眩，也十分风行，由于缺少情感的要素，很难历久弥新。

如今，储存在我们心海之中的好电影、好文学、好艺术，是有一些情感的酵母埋藏在我们的内心，才能永久不忘，也才能时时启发我们，让许多年以后，还不失去那种浪漫的情怀。

回到家里，我把西红柿打碎，试做“油炸绿西红柿”，滋味奇特，对电影的感受更是深刻，唉！中了浪漫的毒害还不是普通的深呢！

新年新心新欢喜

愿主事者能以天下苍生为念，因为
“向阳门第春常在，积善人家庆有余”，
若大家都能心向太阳，多做善事，
互相体念，今年一定会更好！

新年伊始，也不应该怀忧丧志，而是有新的喜心，来展望万象的更新。

除夕的下午，在老家帮忙打扫，等一切都弄妥当了，妈妈突然想起来还需要两副春联，便叫弟弟到街上去买，弟弟临出门前，她想了一下，说："和你二哥一起去，他的学问较饱，拣两副较欢喜的回来。"

我便和小弟一起到街上的春联铺去，春联铺是佛具店老板兼营的，因为他写得一手好字，几十年来在过年的时候就兼卖春联了。

我从未买过春联，于是问了一下价钱，老板说："有描金的七十元，没有描金的五十元。"算起来也不便宜，我想到以前的三合院旧家，每一个门口需要一副春联，前前后后加起来十几副，如果现在买的话，光是春联就要花一千元了。

在春联铺子，我们前前后后找了半天，只剩下给生意人贴的春联，老板说其他的春联都被挑走了。我说："可不可以帮我们写两副呢？"

"不行，现在的春联都是用油纸，四五天前写才会干，明天就是初一，现在不能写了。"

我看看那些写在春联上的句子，都是一些老掉牙的句子，而且书写春联的人，字虽然四平八稳，却很公式化，和春联上的句子一样保守。我对弟弟说："我们自己来写春联吧！"

花了二十元买一大张红纸，向侄儿借用毛笔和墨汁，我自己写了两副对子，一副是：

旧情旧事旧感怀

新年新心新欢喜

写好之后，才想到需要一个横批，便写了四个字"怀旧创新"，因为觉得"除旧布新"虽好，不如怀念旧事物，开创新局面来得好。旧事物中有许多好的部分值得怀念，那些坏的部分则可以给我们新的教训，也不可忽视。

另一副春联是：

秋花秋月人间无价

春风春雨天地有情

横批是“大地回春”。虽说大地春回，大家都沐浴在欢喜之中，却很容易忽略掉，春天是很容易过去的，到了秋天，我们是不是也能有喜悦的心来看人间的万象呢？

我很久没有用毛笔写字了，写得没有从前好，不过自己把标准降低，只求风格，不求完美，看了也十分满意，孩子们看了我写的春联，都拍手欢呼。

在贴春联的时候，我想到从前的人贴春联，除了吉祥喜庆的含意，也可以说是“一年之计”，是在为自己新的一年祈祷和立志，生意人给自己的立志是“生意兴隆通四海，财源茂盛达三江”；农夫的愿望是“风调雨顺，国泰民安”；读书人的祈求是“忠厚传家远，诗书继世长”；而不管是什么行业的人，都希望能“有福”“有春”“新禧”“招财进宝”，都是对未来怀抱无限的希望。

不论旧的一年多么不堪，我们在新年伊始，也不应该怀忧丧志，而是有新的喜心，来展望万象的更新，体会到“森罗万象许峥嵘”的更深的含义！

可叹的是，贴春联的旧俗已经没落，还在贴春联的人则去买现成的来虚应一番，已经很少人在新年时做祈愿了。

长命菜

只要我们的爱与幸福可以绵延，
使欢喜充满在每一刻，
那就是生命最大的祝愿了。

因为有这样的祝愿，仿佛
幸福也在不远之前。

每年在围炉吃年夜饭的时候，妈妈都会准备一盘“长命菜”，长命菜是南部乡下的习俗，几乎每一家都会准备。

“长命菜”并不是什么特别的菜，只是普通的菠菜，由于是农民为过年习俗特别种植的，又和一般菠菜不一样。大约是菠菜长到八寸至一尺长时采摘，采的时候要连根拔起，不论根、茎、叶都不可折断。

采好后洗净，一束束摆在菜摊，绿色的茎叶配着艳红的根，非常好看。

家里还种菜的时候，妈妈会在除夕当天的清晨到菜园去采菠菜，每次都是小心翼翼，生怕折断了菠菜。后来家里不种菜了，就会到市场去选特别嫩的菠菜来做长命菜。

“长命菜”的做法最简单了，就是把菠菜放在水里烫熟，一棵棵摊平摆在盘中（不可弯折），每次看到煮熟的菠菜，都使我想起李翰祥电影《乾隆下江南》里，乾隆皇帝到江南吃到一道名菜“红嘴绿鹦哥”，认为是人间至极的美味，其实只是连着根的菠菜罢了。

“不可咬断，要连根一起吞下去！”要吃长命菜前，爸爸都会像煞有介事地叮咛我们，并且先示范表演一番。

我们都会信以为真，然而小孩子喉咙细，吞起一棵菠菜也不是那么容易的，好不容易把一棵长命菜吞进腹中，耳畔就会响起一片鼓励的掌声，等到所有的人把长命菜吞完，年夜饭才算正式开始。

“长命菜”是乡下平凡百姓对生命最大的祝愿，希望新的一年有一个好的开始，并且能长命百岁，生命纵使有苦难的时刻，因为有这样的祝愿，仿佛幸福也在不远之前。

当然，吃长命菜不会使人长命百岁，从小逼迫我们吃长命菜的父亲，早就走完人生的旅程；与我们排队吃长命菜的堂兄弟姊妹，也有四位离开了人世；其他的兄弟姊妹也因为散居世界各地而星云四散了。

长命菜不长命，团圆饭不团圆，这并不是什么悲哀的事，而是人间的真情实景。我们每年还是渴望着团圆，笑闹着吃长命菜，因为那是一种“希望工程”，希望我们能珍惜今生的缘会，希望我们都能活得更长命，来和亲爱的家人相守。

台语歌曲《走马灯》里有这样几句："星光月光转无停，人生呀人生，冷暖世情多演变，人生宛如走马灯。"每次到过年就会想到这首歌，想到星月的流转，年华的短促；想起历尽沧桑的情景，悲欢离合转不停……这时候就会觉得只要能珍惜着今年今夜、此情此景，便是生命的幸福了。

儿时吃长命菜那种欢欣鼓舞的景象，常常宛如生命的掌声，推着我们前进。

只要我们的爱与幸福可以绵延，使欢喜充满在每一刻，那就是生命最大的祝愿了。

因此，不管我在天涯海角，每年过年的时候，我都会亲自准备一盘"长命菜"，想起父亲，还有一些难以忘怀的生命的痕迹！

青天症候群

我们这个社会需要的不是包青天，
而是更多的爱与宽恕。
我们这个社会需要的不是狗头铡，
而是全社会都有提升人的品质的认知，
以及互相关怀的信念。

如果我们在生活与爱的教育上多下功夫，一定可以避免许多悲剧。

刘焕荣被执行枪决的时候，八点档连续剧《包青天》正如火如荼地播出，收视率第一。

像《包青天》这样的电视剧，每隔一段时日就会在电视上演出，在社会安和乐利的时候，收视率总是差一些，一旦社会治安不佳、人心纷乱的时候，《包青天》的收视率都是第一的。

从心理学来看，这似乎是补偿作用，在生活里感到不公、不平、冤屈的时候，总是渴望社会上有一位包青天，只要我们跑到开封府去击鼓鸣冤，或者拦住包大人的轿子，最后就会沉冤得雪。或者，一个人也没有什么不平不公的事发生，可是在生活里积压了一股怨气，看到青天大老爷响板一拍："狗头铡伺候！"顿时也得到了释放。我想，这对于治疗社会上弥漫的"郁卒"病症，是极有效果的。

我们可以把普遍向往"青天之治"的心理情结，称为"包青天症候群"，然而我们如果分析包拯判案，就会发现这位历史上最知名的青天大老爷，有许多不堪闻问的审案方法。

例如所有的犯人到最后不是"虎头铡伺候"，就是"狗头铡伺候"，全是砍头的罪。这种砍头公然在公堂上行之，极端残忍而不仁道。这使我们想起刘焕荣被枪决前，“电视实况转播”，我们既听到枪响，也听到惨叫，记者并在一旁毫无感觉地分析，完全不像几秒钟前才有人被枪毙的样子。不禁令我想到，我们的人道精神还停留在宋朝时代。

例如包青天的问案完全是人治而不是法治，他几乎是那个时代唯一的青天，其余的官吏全是庸才，只有到他手里的刑案才会平反，其他的全是冤狱。这固然反映出那个时代的黑暗，却也反映出不讲法治的情况多么可怕。

例如包青天上天入地，装神弄鬼，甚至可以进入地狱查案，这对于讲求人文与理性的社会，不是反面的教育吗？再如公堂之上，动不动就“掌嘴”“杖刑二十大板”，大侠展昭时常一不小心就杀死尚未定罪的“歹徒”，我们的孩子看了这种连续剧，不知道会对法律产生什么样的基本概念。

当然，我们在戏里会时常听到“罪大恶极”“罪无可逭”“十恶不赦”的字句，仿佛恶徒斩一百次也不能偿还罪孽。可是我在看包青天的时候，感觉到戏里的坏人犯罪，与那个时代、那个社会有很大的关系，并不是独立的罪案。那么我们的答案就出来了：彻底地改革社会体制比起冷酷地处决罪犯要重要得多。

以刘焕荣的案例来看，在他被判死刑之后，我曾到牢里探望过他，他告诉我一件事令我耿耿于怀。

他说，他到牢里才有机会读到第一本课外书，也才有机会画第一张画，这时他才知道读书和画画是多么有趣的事。“如果，我早知道读书和画画这么有趣，我就不会到外面去混了。”

这个社会在每一个角落，都可能有“小刘焕荣”，我们是不是在环境与教育上提供了足够的资源呢？我们有没有想过一成不变、缺乏弹性的升学教育对孩子心灵的残害呢？如果我们在生活与爱的教育上多下功夫，一定可以避免许多悲剧。

我们这个社会需要的不是包青天，我们需要的是更多的爱与宽恕。

我们这个社会需要的不是狗头铡，而是全社会都有提升人的品质的认知，以及互相关怀的信念。

二十年前我们看包青天，现在我们同样地热衷，我们有没有想过：除了渴望青天，我们的法治与人道进步了多少？

盖世神功

大家都相信有某一种秘密的“神功”，
可以彻底改变我们身上的体质，
却不知道改变体质最重要的是
睡眠、饮食、运动等基础的东西。

从最基本的功架练起，即使神功没有练成，至少对自己、对社会国家，都是有所增益的。

坐上一部出租车，司机长得十分魁梧，面貌堂堂，声如洪钟，在前座仪表架上摆了一张照片，是他裸露上身，露出结实肌肉的相片，就好像我们时常在健美比赛看见的一样。

“您是练健美的？”我忍不住问他。

他说：“不是，我是练气功的。”

“您的身体可真健壮呀！”

出租车司机打开前座的置物箱，拿出一沓照片给我看，说：“这是五年前的我，可以说全身是病，因为整天开车，缺乏运动，加上抽烟喝酒，弄得五脏六腑都坏掉了，每天有气无力，有时开车开到一半就睡着了。”

我看着他从前的照片，果然面黄肌瘦，与我眼前的这一位大汉，简直判若两人。在照片后面是一大沓各大医院的挂号证，算一算，一共有十七张各种病号的挂号证。

“我的一位朋友，看我快不行了，介绍我去练功，那时我自己也觉得如果不彻底改革身体，我就完了，于是开始去练气功。”

为了练功，这位司机朋友每天规定自己只做八小时的生意，其他时间都用来练功。

“可是，一拜了师傅之后，师傅不教我练气功，他说一个人要练功，先要做的是四件事，一是生活要正常，睡眠要充足；二是要注意饮食，不吃太油、太辣、太咸、太甜的食物，只能吃清淡食物；三是运动量要充足，每天至少有一小时的慢跑、游泳、打球等；四是不能抽烟喝酒。如果这四点做不到，他就不教我气功了。”

出租车司机彻底改变了生活，据他说，不到几个月，身体就已经很棒了，他说：“不可思议，就好像回到我刚服兵役的时候。然后我开始练气功，到现在五年了，我就好像换了一个人，气功真的很有效。”

我说：“其实不一定是练气功，一个人如果生活正常、饮食清淡、运动充足、不烟不酒，不必练什么功，身体也可以保持在很好的状态。气功，只不过是把这种好状态提升到更精纯的境地罢了。”

司机表示同意，接下来不出我的预料，他开始向我推荐他师傅那神奇的气功，说是全年学费要两万元，只要报他的名字就可以打七折，并且会得到“师傅”秘密心法的传授。

幸好，我的目的地很快就到了。

下了车，我仔细思索那位练气功的司机所说的话，这也正是现今社会上普遍存在的问题，大家都相信有某一种秘密的“神功”，可以彻底改变我们身上的体质，却不知道改变体质最重要的是睡眠、饮食、运动等基础的东西。

推而广之，改变教育体制的秘方，不是“教育部”有什么新政策，而是中小学里有没有用心的老师，从事教育的人有没有更充足的爱心，愿不愿意以全副身心的力量来启发学生。

改变治安体制的秘方，不是什么扫黑扫黄雷霆行动，而是警政单位执行公务的人，能不能不贪污、不欺压人民、不强暴民女，具有充分的道德与良知，真正代表正义的一方。

改变文化品质的秘方，不是什么单一的展览、表演，或介寿堂音乐会，而是落实的人文教育，让人有真正的美的向往，有生活提升的渴望。

改变经济体制的秘方，不在股市或房地产或特殊指标，而在于台湾当局是不是有诚心缩短贫富差距，愿意真心维护大众的利益。

我们这个社会缺少很多的基本功，都希望一下子能神功盖世，偏偏那些盖世神功都不是一蹴而就的，我们愿不愿意都站在自己的位置，好好来练练基本功呢？

从最基本的功架练起，即使神功没有练成，至少对自己、对社会国家，都是有所增益的。

最好的范本

如果你们要写好作文，
故乡与爱就是最好的范本，
在风与白云之间，
有一群人在无限的时空中相遇，
共同生活与呼吸，
就是最值得珍惜的因缘了！

为生命写一篇文采斐然的文章，就从故乡和亲人开始吧！

到一个小镇去演讲，主办演讲的人正好是补习班的老板，力邀我顺道去他的“儿童作文班”演讲，盛情难却，加上我一向喜欢与人为善，就答应了。

在路上，老板问我：“林先生小时候上过作文班吗？”

我说：“没有，在我小的时候根本没有作文班，没有人为了作文去补习的。”

他说：“那么，你觉得作文班要怎么教才好？”

“我不知道，我真的不知道要怎么教人写作文呢！”

老板一脸疑惑，车子到了补习班门口，才发现补习班比我想象的大，不仅有作文班，还有绘画班、音乐班、英语班、数学班，从这里也可以发现，即使在小城镇，父母也十分关心孩子的才艺，希望孩子的才华十项全能。

到了作文班，我大略看了孩子的作文，发现小孩子写的都是议论文，这使我感到惊讶，因为孩子的人生观点才刚刚起步，对人生会有什么好的议论呢？作文班的老师告诉我，那是为了训练孩子写论文的习惯，以便他们到中学时，作文的考试得到高分。

我给小朋友的建议只有三个：一是从自己身边熟悉的人事来写作文；二是尽量抒情，少发议论，一个人如果能充沛地表达感情，要发为议论就很简单了；三是不要为了考试才学作文，不要老师说什么就写什么，因为作文是一件很快乐、很有趣、很有创造性的事。

离开作文班之后，我想起在小时候，自己为什么想写文章，那是源自对故乡、对人情的感动。

当我在读小学的时候，看到故乡旗山国校那年代久远、高大无比的椰子树，想到我的父亲、哥哥、姊姊都和我读过这个学校，内心就充满感动。

在我每次爬上古山顶上，总会动情于那些姿势强健优美的大树，然后俯视我的故乡，与尖挺的旗尾山遥相对望，就会想起“旗鼓相当”的成语，想到百年前，这里曾被誉为“全台八景”，只是很少人知道了。

有时候，我会听老年的人谈起我的祖父林旺，他是第一个在旗山开“牛车货运行”的人，日据时代怎样经营米店、卖菜的逸事，听说他的性格刚烈，只要家里养的牛打架输了，他会用木炭把牛角烤软、削尖，去讨回公道。

我亲眼看到我的乡亲天蒙蒙亮就出门，艰苦无人问的农作生活，感受到“赤脚的，逐鹿；穿鞋的，吃肉”那种对生命的不平，心想一定要有人写出他们的心声。

我的父母亲教养一大群孩子，时而严厉、时而温柔，做牛做马让我们长大、受教育，并培养对人生的远见，不在困苦挫折中畏缩，现在想来还会动容眼湿。

再看到故乡农业由盛而衰，“香蕉王国”的盛况失去已久，大部分土地荒芜、废耕，故乡子弟的素质不能提升，反映了整个台湾省农业与教育的失落。从前在蕉园中嬉戏的情景，怅然难忘！

就在我们生活的故乡，在我们深爱着的亲人朋友，就存着最动人的素材，只要能把这种感情表达，便是最好的作文了。

追着台糖的小火车向前奔跑，看能不能捡到掉落的白甘蔗。
在收采过的番薯田里，找没有挖走的番薯在田间焢番薯。

在清澈的楠梓仙溪摸蛤兼洗裤，在瓠仔湖游泳、捡石头、漂水花、晒太阳。

沿着稻香与油菜花香的小路，散步到美浓，感知生命之美，浓得震荡内心。

看妈妈如何把一个鸡蛋切成八片，如何把一粒苹果切成十二片，如何做菠萝竹笋豆瓣酱，如何做番薯馅儿饼，把技能发展到极限，其中有无量的爱并维持公平。

看到父亲和故乡父老端立看着因生产过剩而被倾倒的香蕉而老泪纵横……

如果我们要写好作文，故乡与爱就是最好的范本，在风与白云之间，有一群人在无限的时空中相遇，共同生活与呼吸，这就是最值得珍惜的因缘了！

不论我们是要写好考试的作文，或抒情的作文，甚至为生命写一篇文采斐然的文章，就从故乡和亲人开始吧！

观大人，则藐之

我们看政治人物的格局，宜于从人的立场来看，当他的权位抽离之后，人的品质如何才是最要紧的。

说大人，则藐之，
勿视其巍巍然。

在路边，看到两个孩子在争吵，一个说："你上次答应我了，不可以黄牛，我要你现在再说一次。"

"不跟你玩了，你们都事先讲好了，合起来欺负我。"

两个孩子都嘟着嘴，很生气的样子。

两个孩子在玩家家酒，一个突然翻脸了："不来了，不来了，我是客人哩！玩具都不借给人家。"

"不借就不借，客人有什么了不起。"

第三个孩子插嘴说："做客人也不能抢人家的玩具呀！"

翻脸的孩子更生气："你是谁？你是什么东西？这里没有你说话的份儿！"

另外两个孩子在玩捉迷藏。

一个孩子做了很多规定："要数到一百才可以睁开眼睛，那边的树林不能躲……"

一个孩子说："不行，天下至广，我爱躲在哪里就躲在哪里。"

"那我不跟你玩了。"

"这次不玩，下次再来玩，打钩钩，你不能说了不算数！"

如果你以为我真的是在写孩子，那就错了，我写的是前一阵子李先生接见“委员”的情景，当我们把一个人的权位都拿开的时候，听他们说的话，其实和小孩子没有什么两样，有时候，比小孩子还要孩子气。什么是孩子气？就是斗气、怄气、闹意气，令大人看了啼笑皆非。

这往好处看来，是孟子说的：“大人者，不失其赤子之心也！”（伟大的人物，都不失其孩子气。）往坏处说，有一位公都子问孟子：“钧是人也，或为大人，或为小人，何也？”孟子说：“从其大体为大人，从其小体为小人。”（识大体的就是大人，不识大体的便是小人。大体者，心思礼义；小体者，纵恣情欲。）

政治人物也是凡夫俗子，这是民主社会最可贵的观点；政治人物偶有小体、小格局之弊，也是人情之常，从前那种“天纵英明”“万世明灯”“关怀眼神”的时代已经远去了。

不久前，看克林顿总统的就职晚会，克林顿每看到一位艺人都起立致敬，充分表现了政治人物尊敬各行各业的风范，值得所有的政治人物学习。

我们看政治人物的格局，也宜于从人的立场来看，当他的权位抽离之后，人的品质如何才是最要紧的。

孟子说得很好:“说大人，则藐之，勿视其巍巍然。堂高数仞，榱题数尺，我得志弗为也。食前方丈，侍妾数百人，我得志弗为也。般乐饮酒，驱骋田猎，后车千乘，我得志弗为也。在彼者，皆我所不为也，在我者，皆古之制也；吾何畏彼哉！”

向权位者进言，就要藐视他，不要看他那么崇高。堂阶两三丈高，梁柱几尺粗，我一旦得志，不屑这样做。食品摆满一丈，姬妾数百人，我一旦得志，不屑这样做。饮酒作乐，驰骋打猎(打高尔夫)，随从的车千辆，我一旦得志，不屑这样做！他做的都是我不屑做的，我做的都合乎先贤的礼法，我何必怕他呢？

热气球上升

看马戏团的感觉犹如乘热气球上升，

充满了热力与梦想，

要去触摸人类体能的巅峰。

现实世界充斥着小丑，舞台上的小丑却是一种严肃的表演。

我小时候只看过两次马戏团，不，严格地说，只看过一次，因为另外一次看的马戏团里没有马，“马戏团”缺少了马术，那只能说是半套了。

但尽管是绝无仅有的一次半，也使我对马戏留下非常深刻的印象，一直到现在想起来都还感到开心。

一般人对马戏团的印象，不外乎是空中飞人、走索者、杂耍、驯兽等，我对马戏团的印象是，马戏团给人一种充满活力、充满希望的气氛，不论男女老少都有健美矫捷的样子，他们挺胸抬头，全身充满了力量。我们看马戏时，很容易感染到那种欢乐与希望而忘记人生的烦忧。

其次，马戏团给人一种和谐之感，不论是人和动物之间，或是人与人之间，表演都是在千钧一发，如果没有整体的和谐之感，表演是很容易失败的。

还有，就是小丑了，传统的小丑都是挺着大肚子，有一个大而红的鼻子，穿着五颜六色过分宽松的衣服。小丑虽是马戏团中串场的配角，事实上是最重要的表演者，他们拉近了观众的距离，并以自己的可笑或失败来博取别人的欢笑。

我特别欣赏小丑的人生态度，他利用极短的时间就可以使人笑，使人放松，而他自己隐在面具背后，冷静地看人生。更难的是，在现实世界充斥着小丑，每天都在闹笑话而不自知，舞台上的小丑却是一种严肃的表演。

由于对马戏团的向往，当朋友告诉我说，近日来台湾省表演的莫斯科马戏团，有极精彩的哥萨克马术，我们便相约带孩子前去。

哥萨克骑士的马戏表演是压轴，其骑术之精湛、气势之奔腾、节奏之快速，如果不是亲眼看见，简直难以相信。我看完了，不禁对孩子说：“这才是真正的马戏啊！”

马戏是马戏团的发源，因此一个马戏团的马戏是不是好看，是至关重要的。

哥萨克骑士的家乡是乌克兰的大草原，几乎都是从小孩子就练习骑术，在历史上的哥萨克骑兵队，曾使俄国沙皇的禁卫军，拿破仑和希特勒的军队都闻之丧胆。如今把战场上的骑术转到马戏，没想到如此精彩。

我想，莫斯科马戏团被称誉为“世界上最伟大的马戏团”，该与拥有哥萨克骑士有密切关系。而能看到这长达二十分钟的马戏，也就值回票价了。

莫斯科马戏团除了马戏，像空中飞人、走钢索、动物表演、神鞭、弹跳特技都是非常惊险好看的。马戏团之所以伟大，异于电影或电视的特技，那是因为它完全真实，没有任何剪接、没有任何作假，一个极微小的动作中也可以看出非常刻苦的训练，处处充满汗水与热力，如果不是坐在帐篷里，是很难体会的。

看完莫斯科马戏团的表演，台北又下大雨，在雨中我想到，今后要看马戏团演出的机会愈来愈小了，因为全世界的马戏团都在萎缩，加上保护动物的声浪日渐高涨，特别是，在资本主义社会，有多少家长愿意自己的孩子去学马戏呢？又有多少孩子肯从小就接受马戏的严格训练呢？

在看到莫斯科马戏团的空中飞人、哥萨克骑士、小丑、驯兽师有几位都已经五十开外，使我对马戏团前途的忧心更深。

看马戏团的感觉犹如乘热气球上升，充满了热力与梦想，要去触摸人类体能的巅峰，可惜这种机会将愈来愈少。

莫斯科马戏团已结束台北的演出，将巡回到南部，我多么祈愿南部的孩子有机会去体验马戏团的感受，一生纵使只看一两次，也是好的！

为陌生人落泪

四楼顶的出口被封闭，
铁门前留下两双企图逃生者的脚印，
一双是大人的，一双是小孩的，
消防人员看着这两双脚印也忍不住落泪。

即使是最冷漠的新闻人，对死去的人也应有肃穆、庄重、怜悯之情呀！

吃完早餐，一边喝咖啡一边看早报，偶然看见一张新闻照片，彩色的，使我的胸腔和肠胃一阵翻腾。

那是一个父亲趴在两个女儿的身旁，他的双手紧抱住小女儿的腰际，大女儿的手还牵着小女儿。由于三个人是活活被浓烟呛死，因此皮肤上泛着不寻常的粉红色，死状十分凄惨。

我读着新闻，像惯常一样，用一种冷漠的态度，读着每天都在发生的这个社会的坏消息。原来是台北县树林镇黑珍珠卡拉 OK 店发生火警，死亡十人，重伤七人。照例，这是一家违规使用的卡拉 OK 店；照例，这家店前后被告发十三次、通知歇业六次，但它还在营业；照例，警方分析是人为的纵火，原因不明……

不照例的是，那抱着女儿要逃生的王鸿炳，是义勇消防队的一员，平时以开出租车为业，当天夜里开车到凌晨三点才回到家，四点发生火警，他从睡梦中惊醒，抱着小女儿要冲上四楼阳台，但楼顶的逃生铁门被锁住，（是谁锁住这要命的铁门？）他又抱着小女儿，牵着大女儿冲向阳台，来不及打开落地窗就不支倒地，一起走向黄泉路。

火灾过后，消防队员检查火场，发现四楼顶的出口被封闭，铁门前留下两双企图逃生者的脚印，一双是大人的，一双是小孩的，消防人员看着这两双脚印也忍不住落泪。

读到这里，我的眼泪忍不住流了下来，眼前仿佛出现一个焦急的父亲，在浓烟与大火中奔逃，紧紧抱着女儿，力尽了，然后在黑暗中颓倒在滚烫的石板上。

如果，“县政府”的人都能依照法规，严格执行，不让违规卡拉 OK 营业，这疼爱女儿的父亲与两位黄金年华的少女，不会悲惨地死去。

如果，商人不为了牟利，被勒令歇业还继续营业，这样的惨剧不会一再发生，每个月都发生好几起。

如果，居住的人不为了自己的方便，随意加装铁锁铁门，不会陷别人枉死。

如果，纵火的人不丧失心神，把别人送入火坑，那该有多好！

如果，这些都已经发生，而父女能够平安无恙，又有多好？

这么多的如果，都随火焰烧向无情的天空。

我们不禁要想，这半年来在公共场所被火灾夺去宝贵生命的人，到底谁应该负起良心的责任？纵火者当然是罪魁祸首，但违规营业的卡拉 OK 业者也难辞其咎，执行公权力的台湾当局则是帮凶。那些六度去函停业，而一直没有去执行的人，半夜扪心，是否能安然地睡去呢？

每一个在公共场所罹难的人，都有可能是我们的亲戚朋友，大家应该建立起“无缘大慈，同体大悲”的观念，不能漠视、坐视、无动于衷。对于那些违规的餐厅、卡拉 OK、特种营业、电动玩具店等，应该共同抵制其存在，才有可能创建“祥和的社会”。

我把这一张火场拍下的照片盖起来，内心依然涌动着沉痛。

我一直反对新闻媒体刊登过分残酷、凄惨、煽情的照片，特别是对那些已死的人，我们要有更深的尊重，不应把死者的惨状暴露在大众面前。

即使是最冷漠的新闻人，对死去的人也应有肃穆、庄重、怜悯之情呀！

心内的门窗

《人间孤儿》让我们从心内的门窗看见
一点浪漫、一点古典、一点温柔，
还有许多许多爱的痕迹。

我们从心内的门窗看见一点浪漫、一点古典、一点温柔，还有许多许多爱的痕迹。

看完《人间孤儿——一九九二年枝叶版》，剧院的掌声久久不息，观众都在等待演员出来谢幕，可是舞台的灯光暗了就没有再亮起，甚至没有谢幕，把观众丢在冷冷的现实里。坐在我前排的一位男性观众对他的女伴说："这个汪其楣实在太酷了！"

然后，观众有点不情愿地离开了舞台、离开了剧院，感觉好像有什么事情未完成，或是读到了一个没有结局的故事。

《人间孤儿》是汪其楣说的台湾省省史，前半部显得单调，是由于历史呈单线发展，与观众没有互动，节奏感弱，我觉得这是企图心太大的结果，从盘古开天讲起，即使才情过人的汪其楣也难免力不从心。

如果这出戏要更好看，应该从日据时代晚期演布袋戏那一场来开场。

《人间孤儿》最精致感人的部分，是抗日成功以后的故事，由演员亲切生动的演技，做了台湾省生活艰辛与幸福的演绎，那些故事如此真实，仿佛我们的街坊邻居。也是到了这个时候，整个舞台才活络起来，有真实的血肉，比起那缥缈的台湾省省史，更能撞击我们的心。

最动人的是结局吧！陆正的父亲陆晋德化私情为大爱，开始种树。汪其楣的心愿（或者是梦）是为台湾省种一亿棵善意的树，可是在戏末的预言部分似乎又暗示这是不可能完成了！

当《阮若打开心内的门窗》像交响诗一样扬起的时候，留下了一个空间让我们思索，我们都是从这样的土地，在这样的时代长大的，我们是愿打开心内的门窗，来迎接五彩的春光？或者，我们要继续封闭心灵、贪婪无知、追求财货，做“人间孤儿”？

我觉得汪其楣不谢幕是好的，因为整个结局不再只是舞台，舞台上的故事也是我们的故事。

作为台湾人，我时常有这种悲情：“台湾人不知道要受苦到什么时候？”不过，在苦闷的时候，看政客斗争的时候，看看《人间孤儿》，至少是很温馨的安慰，让我们从心内的门窗看见一点浪漫、一点古典、一点温柔，还有许多许多爱的痕迹。

早晨公园的标准舞

豆浆、烧饼、油条，这么简单的食物
都是成套的，文化也是如此，
不能轻忽生活而独自存在，
不能离开品味与美感，而谈论文化。

文化的恶质是无所不在的，反过来说，文化的推展也是无所不在的。

散步走过一个小公园，听见一阵低俗的电子琴音乐，声音出奇的大，勾起了我的好奇心，于是循声而往。

穿过花木扶疏的公园草地，就看见一群中年男女，在凉亭前的空地上翩翩起舞，不，不是翩翩，是怪异地起舞。

因为在那里的男士个个油头粉面，身着黑色的礼服，与他们的身材和容貌非常不相称。女士们则无不浓妆艳抹，穿着紧身开着高衩的舞衣，在那里动作夸张地扭动着。看着这些四五十岁的男女卖力地跳着叫作“标准舞”的东西，配上可怕的电子琴声，使我自然地想起从前在工地、在婚礼、在节庆看见过的那些脱衣舞的清凉秀。

虽然标准舞与脱衣舞是很不同的，但是他们跳的俗恶的形式，给我的感觉是同一品级的东西。当然，标准舞也有高雅的，可是我们在台湾省看见的，则多的是缺乏美感的形式，听说这种舞在台湾省非常流行，不免使我有点忧心起来。

公园里的标准舞也不是独存的事物，就像公园里也有人大声地唱卡拉 OK，是我们在文化变迁时的一种现象。

我们在接受像“标准舞”这种西方文化时，差不多是生吞活剥的，我们把西方人跳舞的样子接收过来，却不知道标准舞是在什么场合跳（而在台湾省一般人的生活根本没有跳标准舞的背景）；我们穿上西方人在宴礼上穿的礼服，改得更暴露、更低俗，却忘记中国人的身材比例，不知道自己穿了那种服装像企鹅一样；我们跳西方标准的舞步，却不懂得欣赏管弦和键盘音乐，而使用电子琴的流行歌；我们甚至连在公园中不要干扰别人的宁静也不知道呀！

仔细地思考起来，会发现我们的生活品质之所以没有文化层次，其实不在于形式的问题，我们的生活形式表面上不是很有文化吗？我们在公园里唱歌、跳舞，甚至还穿着礼服哩！可是隐在歌舞、礼服之后的是沐猴而冠的样子，是生活的浅薄、低俗，与无知呀！

我们看看满街的理发馆、KTV、啤酒屋；我们想想满街的摊贩、霓虹灯、红砖道上横七竖八的摩托车；我们听听四周的功利的声音、肤浅的声音。只要我们有敏感细腻的五官，每天都可以感受到生活的粗糙、苦闷、欠缺品质。

使我忧心的是，在我们的社会里，大家正自甘于这种文化的无知堕落，像标准舞这种可怕的东西正在蔓延，如果我们要学标准舞、提倡标准舞，为什么不把那些优美的东西学习过来？不学习一些有美感的事物，像音舞、品味、服装的美感，却弄得像一座妖兽的公园呢？

我穿越公园，到时常去吃早餐的豆浆店，叫了一碗豆浆、一套烧饼油条。像这么简单的食物都是成套的，假如我叫了一碗豆浆，却配上汉堡或薯条，就不对味了。文化上也是如此的，不能轻忽生活而独自存在，不能离开品味与美感，而谈论文化。

豆浆店什么都好，但是墙壁上贴满了裸女月历，还有一些更不堪入目的三级片、歌厅秀的广告，每次吃豆浆都觉得心情微恙，时日久了，练就一身无动于衷的功夫。几次向老板反映，他说："很好呀！他们每星期都会来换新的，像换壁纸一样！"

文化不只是存在早晨公园的标准舞，也存在一家小小豆浆店的墙壁上，文化的恶质是无所不在的，反过来说，文化的推展也是无所不在的，在生活里，我们是不是肯用心一些，过得更有品质、有品味，才是衡量一个社会的文明指标呀！

推倒雷峰塔

真情无悔，众生要站在平等的位置，
互相体贴、爱惜，不要法海禅师不在了，
还在自己“搬砖运石，砌成一塔”，
成为无情无趣的人。

《新白娘子传奇》的连续剧最好的观点，就是对真情重新加以肯定。

看电视连续剧《新白娘子传奇》，就像其他的连续剧一样，掰得非常离谱，特别是演到白素贞的儿子许仕林考上状元，又和玉兔精媚娘相爱，故事与他的老爸一模一样，（长相也都一样，你说巧不巧？）哪里来的这么多妖精？妖精谈恋爱又岂是全一个样子。

《新白娘子传奇》最令人莫名其妙、无法忍受的不是剧情，而是配音，配音固然掩饰了香港明星无法说国语的缺失，也使得许多老牌明星黯然失色，个个都像在背书一样。一个花了这么多心血的连续剧，光是配音的粗糙，就要打个五折了。

奈何长夜漫漫，其他两台做得更烂，观众也只好留下来，看从宋朝就看到现在的《白娘子永镇雷峰塔》了。

《白娘子永镇雷峰塔》的原始故事，出自宋朝的话本小说《警世通言》，也可以说是中国人对妖怪有新观点的开始。在这篇话本之前，例如唐朝的传奇小说，都把妖魔鬼怪写得非常可怕，不是祸乱吃人，就是吞人精气，或是作乱人间。从《白娘子永镇雷峰塔》之后，才开始有可爱的、贤淑的、有人性的妖怪，“白素贞”这个名字取得好，真是又素又贞，比那个胆小懦弱的许宣好得多。

敢爱敢恨的白素贞，简直是一个新女性，看着软弱的许宣老是听信人言，对自己的“妖怪太太”不信任，到后来白素贞发了火，杏眼圆睁对许宣说：“我与你平生夫妇，共枕同衾，许多恩爱。如今却信别人闲言语，教我夫妻不睦，我如今实对你说，若听我言语，欢欢喜喜，万事皆休。若生外心，教你满城皆为血水，人人手攀洪浪，脚踏浑波，皆死于非命。”

白娘子的故事有趣，是因为它反了传统，法海禅师是一个冷漠无情的人，许宣则懦弱无能、缺乏主见。反而是妖怪白蛇有情有义，小青灵慧细致。可恨的是，法理最后战胜了真情，白蛇被镇压在雷峰塔底，“千年万岁，不能出世”。

凡是有情义的人，读到白娘子的故事无不深感同情，后来添加了许多后话，例如《雷峰塔传奇》《义妖传弹词》，及种种白蛇的小说，都是在渴望推倒雷峰塔，让法海禅师的冷酷之网能有所突破，让有情人得到圆满的结局，让真情可以超越人世的沧桑。

白素贞因此成为中国传统的伟大象征，象征真情真爱不是人间的妖怪，大家不必那么害怕。在宋明理学严峻的管制之下，人的感情就像被镇于雷峰塔下难见天日，都化成白素贞结局最后的哀号：“祖师，我是一条大蟒蛇，因为风雨大作，来到西湖上安心，同青青一处。不想遇着许宣，春心荡漾，按捺不住，一时冒犯天条，却不会杀生害命，望禅师慈悲则个。”一见钟情，冒犯了哪一条天条呢？

因为看电视连续剧，我把有关白蛇的古本找出来读，思索其意，《新白娘子传奇》的连续剧最好的观点，就是对真情重新加以肯定，确立了真爱的可贵。那建制在中国人心灵上千年的雷峰塔，也该推倒了。

雷峰塔是真有其塔，建于宋太祖开宝八年（公元九七五年），是西湖畔的胜景，但塔里镇的不是白娘子，而是藏着佛陀的发髻，和吴越王钱俶造的八万四千经卷。

我们要推倒的不是真实的雷峰塔，而是象征的雷峰塔，是那些加诸在人世的真情上的冷酷、严峻的镇压和束缚。

真情无悔，众生要站在平等的位置，互相体贴、爱惜，不要法海禅师不在了，还在自己“搬砖运石，砌成一塔”，成为无情无趣的人。

想象的空间

传记电影难拍的原因，是既要
合乎史实，又要有想象空间，
但最起码的精神
不应该扭曲了人物原本的风格。

想象的空间真的很重要，这也正是传记电影难拍的理由。

看电影《达摩祖师传》，由尔冬升和陈松勇主演，觉得非常好笑，边看边笑，竟自开场笑到终场，这部电影并不是喜剧片，为什么会这么好笑呢？

原因之一，是演员全是中国人，却硬是化装成印度人的样子，因此人人的脸上涂了黑炭。既然是化装成印度人，应该说印度话，偏偏每一个演员都讲国语，陈松勇讲的还是他自己配音的国语呢！

原因之二，是尔冬升竟舍不得把头发剃光，戴着头套演达摩，头套太白，与涂成黑色的脸成为非常突兀的两种颜色。不仅如此，其余的演员像陈松勇、午马大概是舍不得剃发，全戴着头套或帽子，以至于和尚们都戴帽子。

原因之三，达摩的故事全未考证，把六祖慧能、马祖道一、百丈怀海的故事全硬塞在达摩身上，如此轻忽地拍一个传记电影，实在非常少见。

原因之四，达摩在少林寺面壁九年，依照电影的说法，九年中一动不动，甚至不吃不喝，连小沙弥在他身上钉钉子也浑然不觉。这可能违背了史传的原意，面壁九年是指其悠长，不是指其神异或无知。

其他的原因还有很多，从场面看起来，这部电影花了不少制作费，并远到印度拍摄，选的人物又是中国禅宗的始祖，动机应该是很严肃的，如今展现在我们眼前的却是一个有皮无肉，并无深刻思想的达摩，想来不禁觉得可惜。

这也不独达摩祖师的电影如此，近几年来看过的佛教传记电影，像《六祖慧能传》《释迦牟尼佛传》看了总是十分失望。电视则更不堪，前不久以玉琳国师为主角的《再世情缘》，根本是八点档里通俗的爱情剧，在闽南语时段演出的《观音菩萨》《阿弥陀佛》则是充满神怪思想的闹剧。

每次看完了都要感叹：为什么我们不能把宗教的人物拍好呢？是不能为，或不愿为？

我想主要的原因，是一开始选择宗教为题材的电影电视工作者，并没有企图要把宗教人物深刻化的想法，只是一时兴起，希望从宗教题材上图点小利，因此，玉琳国师只好天天谈情说爱，达摩祖师也只好变成武林高手，阿弥陀佛和观音菩萨也只好管人间的闲事，神变斗法，而不是忙于解救众生了。

当然，如果希望一切都能依照史实，或经典的记载，可能会吃力不讨好，并且阻碍了观者的想象空间。可是如果背离了史实与经典的原意，怎么可能拍出深刻的作品呢？

因此，想象的空间应该开展，也应有其限制，最起码的精神不应该扭曲了人物原本的风格。可开展的部分则是依其风格，在历史的纵线上编织合于那个时代、社会、环境的故事，像过度强调神异，就绝对不符合佛教的思想了。

想象的空间真的很重要，这也正是传记电影难拍的理由，想想看，读过达摩祖师传记之后，看见的是尔冬升；读过《玉琳国师傅》，走出来的却是杨庆煌；其好笑的程度，真不亚于看喜剧。这不是说尔冬升或杨庆煌的演技不好，而是抵触，破坏了我们原有的想象空间。

听说港台两地的影视界，想要拍《释迦牟尼佛》和《弘一大师傅》，想象空间是一大问题，不知找谁来演。找郭富城来演佛陀，林志颖来演弘一，你想会怎么样？我想，笑果一定会很好才对！

如果不能有庄严的态度，不能谨慎处理人物的风格，还不如保有一个想象空间，继续拍黄飞鸿、东方不败不是很好吗？林青霞可以演东方不败，王祖贤也可以演；李连杰可以演黄飞鸿，换了人不还是黄飞鸿吗？

可是，达摩祖师就不是这样子了，因为他是历史人物，是人人景仰的禅宗第一祖呀！

人道精神的呼唤

电影虽是梦想的工厂，
却具有强烈的入世精神，
舍离入世的实践、关怀、热情与爱——
想拍出动人的电影，几乎不可能。

具有人道精神的明星必会得到更永恒的光芒。

今年的奥斯卡颁奖典礼又在掌声中落幕，其中有两座“珍赫晓人道精神奖”，颁给已故的女星奥黛丽·赫本和永远美丽的伊丽萨白·泰勒，听到他们的致辞，格外令人感动。

奥黛丽·赫本的奖由在《罗马假期》与她共同演出的葛雷哥莱毕克颁发，她的儿子西恩赫本裴拉代为领奖，他致辞时说：“我的母亲相信，每位儿童皆有权利活得健康、有希望、得到爱抚和能活下去。我代表我的母亲，把这座奖献给天下所有的儿童。”

赫本是由于晚年任联合国儿童基金会的亲善大使，而获得这项人道精神奖，她几乎把晚年岁月全部奉献给非洲的贫童，曾数度深入非洲最苦难之地，即使身罹癌症也不改其志。

伊丽莎白·泰勒则以赞助艾滋病的研究得到这项奖座，她致辞时说:“这是我自同行手中接获最高的荣誉。今夜,我请求诸位协助,请各位自内心深处证明我们是人，证明我们的爱胜过我们的恨，我们的热情比我们的抱怨更强烈。”

我时常觉得奥斯卡金像奖由谁得奖是无关紧要的，因为能够入围的明星个个都有资格得奖。也有机运不济，一直不能得奖的，像今年的克林伊斯威特苦等三十九年，艾尔帕西诺则熬过了二十年，他们得不得奖都不掩其光芒。

但我觉得奥斯卡的人文因素是重要的，像今年反英雄的电影《杀无赦》，刻画自由独立女性的《此情可问天》，颂扬人的尊严的《乱世浮生》，讲述父子亲情的《大河恋》，都有极深刻的人文因素。在这些人文电影中，自然会孕育出电影明星的人道精神，从今年《女人香》的盲上尉，我们可以想到近几年令人难忘的《象人》《甘地传》《我的左脚》《与狼共舞》《雨人》等电影，都是站在人道的立场来拍摄的。

电影乃是反映真实的人生，伟大的明星在电影中可能是短暂的，在人生中却可以恒久，因此具有人道精神的明星必会得到更永恒的光芒。

人道精神乃是站在一个人文品质的基础上，因此电影虽是人类梦想的工厂，却也具有强烈的入世精神，舍离入世的实践、关怀、热情、可爱，而想拍出动人的电影，几乎不可能。基于这种反省和自觉，电影从业人员更深入人间事务，承担更大的社会责任，实是大势所趋。

苏珊·莎兰登与提姆·罗宾斯呼吁美国政府善待罹患艾滋病的二百六十六名海地人。得到最佳纪录片奖的芭芭拉崔伦特则为巴拿马人权呼喊，她说："我们要把此奖献给全世界为正义、真理与和平努力的人，也特别感谢四位因拍摄此片而丧生的人。"

这些人道的呼唤，使我们知道奥斯卡不只是虚华的电影之梦，而是由一群对人类、对世界有感情的电影人所支撑的。

当我们看到奥斯卡的颁奖典礼，许多人羡慕他们的硬件，也有人歆羡他们的电影工业，我却觉得更值得学习的是这种人道精神，我们也有许多的明星，集社会的宠爱于一身，是不是也愿意为世界的公平与关爱来奉献身心呢？

我们的金马奖，说不定也可以每年给最具有人道精神的电影明星颁奖！如果电影明星普遍具有人道精神和人文素质，我们会更乐于去看电影，不是吗？

选举专家

作为选民，要多想想候选人平时的样子、平时的政治思想才好；现任者看政绩，新选者看他在各行各业的表现，就八九不离十了。

一位政治人物的最公正评断，是他的长期表现，而不是选举时的刻意包装。

最近遇到一些年轻人，他们的名片上赫然印着“选举专家”的头衔，选举竟然成为一种职业，是从前难以想象的。以前的选举大多是家族式的，候选人动员自己的家族之外，可动员的是平常在社会上建立的人际关系，也就是“人脉”，当然，选上之后难免要利益均沾。现在到了“专家”的时代，选举可以发包给专家，签订合约，预付前金，选举完后再视当选与否，付清尾款。

由于选举的变化甚大，因此收费并没有一定的标准，视候选人当选的困难度、服务范围的大小来决定收费，但是接一个案子少说也要数百万元。

“你们的服务范围是什么呢？”我看到这几位文质彬彬，都是大学法政科系毕业的青年，颇感好奇，便和他们聊起来了。

“我们有一套非常详细的流程计划，从候选人的形象定位，像该穿什么服装，打什么手势开始，要找设计师设计、定装。然后拟定竞选策略，例如路线和政见。接着，帮助候选人拟定演讲的草稿，还有选战时文宣海报的设计。甚至设计政见会的讲台，拜票的路线图。如果候选人有需要，我们甚至可以帮忙动员群众，制造政见会的高潮……”

我听得耳花缭乱，看着眼前的年轻人，说："就凭你们几个人有办法做这么多事？"

"当然不是了，我们等于是一个公司，但专职的很少，大部分是兼职，像文宣，我们可以包给广告公司的朋友来做；像搭政见台，可以给做音响的人做；像动员群众，我们可以找电影公司的剧务，他们要立即动员上千人并不难，收费则只是一般临时演员的价码。我们有很多后援的，有时我们也可以征工读生，以时间计酬。"

"是不是什么候选人都接？"

"在商言商，如果付得出酬劳，我们就做。不分什么党派，不过，由于人力的关系，我们目前只做台北地区的候选人，希望将来在中南部做分公司。"

"同时接几个不同党派的候选人吗？"

"是呀！我们把不同的候选人分给不同的一组人去设计、执行，这不会有什么冲突的。"

后来，这些年轻人告诉我，他们在选战期间的辛苦不亚于候选人，每个人都随身带着呼叫器和移动电话，与“竞选总部”联系。几乎天天都要解读所有的媒体，来机动调整战略。一方面研究“客户”的主要对手，一方面要研究群众的动向，那是因为只有候选人选上，才能收齐最后一笔尾款，并通常附带一笔可观的奖金。

“那么，选举完之后呢？”我问。

“有的人去做当选人的助理，其他的人解散，继续做选举研究，下一次选举再组起来，其实，选一次就可以生活一阵子。嘿！林先生怎么对我们的工作这么感兴趣？需不需要我们帮你设计包装，下次出来选，包上的。”

（年轻人拉生意拉到我的头上了。）

我不能确定有“选举专家”或“选举公司”，对选举到底是好是坏？听说最近有一些知名作家也组成选举的“文宣公司”，也强调不分党派，论件计酬地帮候选人作文宣，可见我们这个社会想发选举财的人愈来愈多了。

但是，我很确定的是，包装、设计未来一定会在政治上占更重要的位置，在竞选的时候，甚至将会取代内容。试想，一个思想贫乏的候选人很可能透过选举专家的包装，给我们思虑博大、胸怀万有、事母至孝、人格完美的印象呢！

这些选举专家、文宣专家给我们一个很大的反思，思考到任何一位政治人物的最公正评断，是他的长期表现，而不是选举时的刻意包装。作为选民，还是想想候选人平时的样子、平时的政治思想才好；现任者看政绩，新选者看他在各行各业的表现，就八九不离十了。

成年人的事

做一个有投票权的成年人，
一定要有肩膀、有怀抱才行，不然，
我们的下一代长大；看到我们
这些不争气的成人，将会做何感想?

做一个有智慧、不贪心、勇敢、有才艺、有品质的人。

最近，趁竞选热潮，时常带读小学的儿子去听政见，虽然气候寒冷、细雨霏霏，听政见的群众依然非常热情，原本预计在夜里九点半结束的政见会，往往以“问政说明会”“乡亲联谊会”的名义延长到夜里十一点半才结束，我们每天都是带着亢奋的心情和疲惫的身体回家。

我已经历过许许多多的选举，对于这种政治激情是“老神在在”，可以淡然处之，但是十岁的孩子从来未曾经验政治的激情，因此非常受感动，常鼓掌鼓到手掌都红了，他说：“没想到政见发表会比电视还好看呢！”

不过，一个有趣的现象是，小孩子很容易受影响，他去听国民党籍候选人的政见时，就说：“爸爸，你投国民党一票嘛！”可是，去听民进党候选人的政见完后，他说：“爸爸，我觉得你还是投民进党的票！”又过两天，他去听无党籍候选人的政见，回来后说：“国民党与民进党都有缺点，我们需要第三势力，你投给无党籍好了。”

有一天，我忍不住问他：“你这样改来改去，到底要投给谁好？”

他想了一下，天真地说：“没办法呀！他们每一个人都讲得有道理。”

“是呀！如果你单是听一位候选人的政见，会发现他最有道理，可是从另外几个角度来看，他可能是漏洞百出的，这才是民主政治最可贵的地方。”

接下来去听政见时，孩子就变得理性一些，有了自己的基本意见。但是，几天前他突然问我：“爸爸，我也很想去投票，选出我心目中的候选人，为什么一定要到二十岁才可以投票呢？”

我耐心地向他解释，一个人到了二十岁才会有完全的行为能力，那时候比较能有选择力，并且承担自己的责任。当然，也许有许多成年人比未成年人还愚笨，但比较起来，成年人还是比较有选择力、判断力和承担力的。

孩子听了，表示同意，就跑出去玩扯铃了。

我想到《论语》（宪问篇）的一段话：

“子路问成人。子曰：‘若臧武仲之知，公绰之不欲，卞庄子之勇，冉求之艺，文之以礼乐，亦可以为成人矣！’”

（子路问什么是成人。孔子说："像臧武仲那样的智慧，孟公绰那样的不贪心，卞庄子的勇敢，冉求的才艺，再加上礼乐的品质，这样的人我们可以说他是成人了。"）

虽然在许多《论语》的注释里，把子路所问的"成人"解释为"完人"或"全人"，我的看法不同，觉得应该把标准降低，每一个成年人都应该自期：做一个有智慧、不贪心、勇敢、有才艺、有品质的人。

一个有智慧的成人，当然会选举那些对社会更有帮助的人来代表我们。

一个不贪心的成人，当然不会为了千百元出卖自己的选票，并且不会选择那有数百亿财产的金牛，让他们膨胀自己的贪心。

一个勇敢的成人，他一定会在关键时刻做最好的选择，挺身而出。

一个有才艺、讲品质的成人，也会去选择有才艺、有品质的人来代表我们，而不会去选择那些"望之不似人样，卑之无甚高论"的人吧！

这样想来，做一个有投票权的成年人，一定要有臂膀、有怀抱才行，不然，我们的下一代长大了，看到我们这些不争气的成人，将会做何感想?

一个爱心的约定

在有生之年，我将给身边的孩子
以最好的教育，
绝对不依赖体罚为管教的手段。

从尊重孩子中养成习惯，进而尊重别人的孩子，尊重同在这个社会中生活的人。

像我们这种从来不体罚孩子的家长，真的很难以想象那些把孩子打成重伤，甚至凌虐至死的父母，他们是有着什么样的心，难道他们的心里没有爱吗？他们自小的成长也是被屈打、被凌虐的吗？

当然，我们更难以想象的是那些贩卖女儿、把女儿推入火坑，甚至强暴子女的父母，除了皮肉像人以外，是包藏着怎么样的祸心呀！

可堪痛心的是，这样的情形愈来愈多、日益普遍，几乎每天都会登上报纸的社会版，想必在不为人知的角落，这种情形是更为可怕的。

难道那些可怜的孩子，是注定有这样的父母？注定他们要长久在悲惨的阴影下长大吗？在粗暴、屈辱、残酷的环境中长大的孩子，不仅难以有健康快乐的身心，他们将会对社会有什么负面的印象？带来什么负面的影响？他们有子女后，会如何对待自己的子女？他们会怎么样来对待别人的子女？这一连串的问题想下去，就要吓出一身冷汗了。

最近，一个朋友寄给我一份社会运动企划书《与孩子立约》，洋洋洒洒十几张，是一个非常好的策划，是希望所有的家长和孩子签订合约，从此不再体罚孩子，合约共有四条：

我，一个成年人，因为非常关心下一代的福祉和人类的未来，愿意以极诚恳的心，与现在以及将来所有的孩子们立下如下的誓约：

一、在有生之年，我将给身边的孩子以最好的教育，绝对不依赖体罚为管教的手段。

二、在有生之年，我将爱怜疼惜身边的孩子，和颜悦色地对待他们，绝对不以“刺伤孩子的话语”为正当。

三、在有生之年，我将一直站在孩子的立场看事情，绝对不默许在我身边有任何一个人伤害任何一个孩子的身体与心灵。

四、在有生之年，我将尽全力，在可及的范围内，为所有的孩子谋求更好的生长环境与发展机会，绝对不逃避这种责任！

这个约写得十分周延完整，但我收到的时候不禁想到一些问题，一个会与孩子立约的家长，基本上就是疼爱孩子的，根本不必立约，立约只是一种形式。而那些会体罚、虐待儿女，甚至把女儿卖入妓院的家长，他根本不会去立这个约。

再则，不管怎么说，立约是一种商业的模式与行为，基本上应有法律效力才算“契约”，用在亲情之上，可能过于商业化，也欠缺什么实际的效力，我曾参加过一个露天晚会，是戒烟人士办的，参加的青少年都被发了一张卡片，上面写着“我不吸烟”的立约，用意非常之好，但是晚会结束后，满地被弃置的卡片，还要工作人员清扫半天。

因此，关于内心与行为的立约，没有法律的约束，很容易形成像情侣间的誓言一样，是非常空泛的，孩子能得到的保障也不会完全。

所以，重要的不在于要不要与孩子立约，重要的在于怎么样来推展一个更人本的观念，从尊重孩子中养成习惯，进而尊重别人的孩子，尊重同在这个社会中生活的人。

我们这个社会的一切混乱，似乎就是来自人与人间的不能互相尊重。尊重乃是来自包容、悯恕与关爱，如果我们有这样的存心，那就是最好的立约。

在这个社会上，有许多孩子还过得水深火热，想来就令人痛心，因此，在推动“与孩子立约”的活动时，在“儿童福利法”之外，我们如何给孩子更强有力的保障，让父母不能为所欲为对待自己的孩子，可能是更急切重要的事！

末日的狂歌

平等与自由不应该只是口号，
应该是现代社会的重要特质，
一个人如果不能尊重、
包容他人的不同信仰，
那就不配作为现代人。

有比宗教教育更重要的，就是互相尊重、包容的、多元的胸襟。

几乎所有的宗教，对于现今的时代都感到悲观，因此也都有末日的说法,基督徒称这个时代为“末日”“末世”,佛教徒称为“末法”,一贯道徒称为“末劫”，这种说法往往使人在对环境与时代不满时，容易采取过激的手段。

今年[1]二月，当联邦调查局包围末日教派的威科农庄时，全世界的宗教评论家都非常担心盖亚那丛林的悲剧重演，果不其然，末日戴维教派的信徒先毒杀了儿童，然后集体自焚，令人扼腕痛心地走向了末日。

更可悲的是，那些深信今日为末日之世的人死了，世界依然如往常一样转动，同样的平淡或同样的混乱，依然带着一点点欢喜、一点点悲哀向前迈进。

这不免让我们更深一层地思考到：末日是在人心，或是在世界？那些号称应神的旨意来降生的使徒，是真的亲证末日，或只是丧心病狂呢？

我们从历史上看来，许多宣称末日的神启和神迹的使者，并未

[1] 今年，指一九九三年。

亲证末日，而只是丧心病狂。从他们的行为举止看来，他们并没有为人类带来幸福和智慧，只是带给更多人苦难与悲痛。

因此，每次我们看到悲剧发生，总会想到“虔诚”与“理性”的问题，“狂热”与“知识”的挣扎。一个人如果有很虔诚狂热的宗教信仰，是否还能保有理性的态度和知识的认知呢？通常宗教信仰到某种虔诚与狂热的状态，就会产生强烈的排他性，不仅不同宗教之间相互抗争，纵使相同宗教的不同派别也常有水火不容之势。戴维末日教派因于这样的排他性，竟准备了大量重型武器来保护农庄，甚至不惜牺牲来践履自己的信仰。

从宗教信仰的虔诚、狂热的特质来看，这些成为祭坛羔羊的人，使我们感到最深的同情。然而类似的事件不断发生，也令人不禁想到，在这个世界上，我们的宗教教育是不是够理性、够普及呢？

我一直认为，宗教教育是生命教育中极为重要的一环，特别是在一个孩子成长的过程中，教育应适度提供他们认识宗教的特质，深思生命的本意，则成人之后就不会陷入盲目与迷失的陷阱，也才有助于安顿生命。

有比宗教教育更重要的,就是互相尊重、包容的、多元的胸襟。天下至广，既非一人能独治;天下之神，又岂能为某些人独揽独享？宗教信仰的平等与自由不应该只是口号，应该是现代社会的重要特质，一个人如果不能尊重、包容他人的不同信仰，那就不配作为现代人。

所有的宗教都讲慈悲和博爱，但是大部分的宗教徒可以爱自己的邻人，甚至爱自己的敌人；却很少宗教徒能包容异教徒，这一点想起来就甚可哀痛!

认识多元的宗教、敬重别人的宗教、有更好的宗教教育，已经是现代社会不可缺乏的教育了。

末日的狂歌永远都会有人唱的，但在整个大环境若能养成理性的态度，狂歌只是听听而已，不至于有那么多人为虚妄的狂歌赔上宝贵的生命。

绿手指与绿拇指

如果大家都愿作绿拇指为地球作保；
又愿意做绿手指美化环境，
创造永续的社会才有可能。

我一直很景仰——甚至可以说崇拜——那些天生有绿手指的人。

到台北世贸中心去看花卉展览，感觉像是台北最美的花和盆景都被移到室内来了，插花与切花和去年所见略同，有两个区域特别吸引我的注意。

一个是兰花展览，各形各色的兰花都在盛开，品类之繁，超过人的想象。兰花近几年在社会上出尽风头，常常成为社会新闻的头条，为了兰花而盗窃、抢劫、杀人时有所闻，对于不养兰的人，真的很难理解兰花为什么会变成那样的面目。种花、养兰原是人间的雅事，却在商人的炒作、利欲的熏心中变成可憎的事。

这次国际花卉展的兰花都是普通的品种，不论是兰芽、盆花的价钱都很低廉，看到花农印的目录，甚至也有三株一百元的。但是开起花来，比名种兰花也毫不逊色，就更觉得兰花炒作的不合理。

特别是兰花区域面积最庞大的台糖蝴蝶兰，十分引人注目。台糖近些年来改变经营理念已是尽人皆知，但大概还有很多人不知道台糖已成为种植兰花的大户。

台糖在五年前投入兰花的研究发展，并把主力放在蝴蝶兰，才短短的五年，现在种植兰花的温室面积有三万五千平方米，年切花产能在二十万枝以上，瓶苗供应有六万瓶以上，各阶段的兰苗则每年有一百万株以上……以目前的情况看来，台糖成为蝴蝶兰王国是指日可待的。

看到台糖培育出的大轮种蝴蝶兰竟有人的巴掌之大，养育容易、售价低廉，想到那些把兰花抬到天价的人是多么的愚痴呀！

另一个惹人注目的是人造花区域，台湾人养花早就享誉世界，但没想到能有这么多的面貌，又做得如此逼真。有一些花不仅颜色、花形与真花一模一样，甚至在触感、嗅觉上也几可乱真，唯一不同的就是先告诉我们："它是假的。"

假花比真花贵好几倍，这也是难以想象的。不管怎么样，还是种真花好！

我一直很景仰——甚至可以说崇拜——那些天生有绿手指的人，他们手指点到之处都充满了生机。看台北国际花卉大展最开心的是，发现台湾省有不少绿手指，有能力种出最美最好的花。

但是反过来一想，为什么这些花卉和植物只有在花展、花市才看得见？为什么我们日常生活里很少人做这样的绿化，使我们的环境更美呢？

台湾省可以说是植物和花卉生长的天堂，只要有一点点用心，就能把美丽的植物种起来，就可以改善我们的空气和环境质量。因此，最好是人人都来做绿手指，每个人只要多种两株植物，台北就会变成多么可爱的地方！

最近，有一些朋友发起一项运动“以绿指为地球作保”，只要民众自备购物袋到支持该活动的“绿色商店”消费，每少用一个塑料袋，并在商店盖上自己的一枚绿拇指，商店就会捐出塑料袋制作成本的一半金额，作为赞助环保之用。

那是因为塑料袋在我们的生活已经泛滥成灾，我们一年用掉的塑料袋竟高达二百二十亿个，平均制造成本两元，每年光是浪费在上面的就超过四百四十亿元，对环境破坏的成本还没有计算在内！因此，“绿色消费者基金会”发起的这项运动，意义十分重大。

如果每一个人，都愿意用绿拇指为地球作保，减少环境的破坏，又愿意做绿手指，种植几棵植物，制造鲜氧、美化环境，那么创造祥和、永续发展的社会环境才有可能！

流行文化的悲哀

我们应该塑造自己的偶像，
为自己的流行文化定位，
走自己的路。

我们的媒体应该加强主体性，不要沦为自认为超级巨星吐痰的草纸。

在电视新闻里，看到美国来的所谓大牌歌星鲍比·布朗和惠特妮·休斯敦抵达台湾省的丑态，令我大为震惊。

这一对银色夫妻雇请了五名保镖，个个肥头胖耳，满脸横肉，一出机场就好像所有的人都会冲上去拥吻一样，个个摩拳擦掌，准备把上前拥吻的人一拳打倒在地的架势。并且不断地谩骂、叫嚣讲着美国粗话。

果然，有一两个媒体记者和歌迷靠近，被极为粗暴地推开，差点跌坐在地上。

甚至连和音与伴舞之类的人，也一再叫骂、恐吓要靠近的歌迷。

被保镖团团围住的鲍比和惠特妮，虽然宣称不准所有媒体拍照，但通关时往往旁若无人地拥吻……

那样的画面，我们在美国的电影和媒体上时常看见，一点也不奇怪，令我震惊的是，那些远道从台北到桃园机场接机，捧着鲜花的少年少女，他们被谩骂、被推开，被保镖恐吓而尖叫，却依然那样痴情地看着鲍比·布朗和惠特妮·休斯敦。

是什么力量，使台湾省的少男少女把美国的流行歌手，当成偶像呢？我感到自己眼拙，不知道这两位其貌不扬的歌手是何许人也，怎么会突然成为青少年的偶像。

这不禁使我想到文化与媒体的问题，长久以来，我们的影视传播受到商业的掌控，早就沦为电影公司、电视公司、唱片业者的传声筒，对于资料源几乎毫无选择地接受，电影上映、电视剧上视、歌星出片，全都是头条新闻。以致商业体系要创造偶像易如反掌折枝，只要不断地“打砸”传播媒体就行了。

媒体如此，大众文化亦然，以鲍比·布朗与惠特妮·休斯敦为例，不管他们是不是那么值得崇拜，但主办者与媒体共同携手，将之塑造成天王巨星，甚至说不知道他们、不买唱片、不听演唱会就落伍了。现今的青少年什么都不怕，就是怕落伍，因此个个在母亲节，弃自己的母亲于不顾，去接受粗暴的、低俗的美国三字经洗礼。

其实，鲍比·布朗事件不是单一的事件，宫泽理惠与贵田花订婚、解约竟可以在媒体上的头条连续做一个月（拜托！他们还没结婚，八字还没有一撇呢！），这件事真的那么重要吗？

这也反映出我们的媒体商业化的严重性，编辑记者不自觉地跟随商人的音乐起舞，以赚取消费者的情感与金钱。试问：就是台湾省从来没有鲍比·布朗和惠特妮·休斯敦的歌，对台湾省的流行文化与音乐又有什么损失？纵使完全不采访这种辱没人的新闻，又有什么损失？

我想到前一阵子巩俐来台湾省，一片和乐，再对比鲍比·布朗的粗里粗气，感觉到我们的媒体应该加强主体性，不要沦为自认为超级巨星吐痰的草纸。

我们应该塑造自己的偶像，为自己的流行文化定位，走自己的路。

救心和救脑

到了这个时代，

我们不应该只照顾自己的肠胃和泌尿系统，

应该想一想救心和救脑的事。

要救心和救脑，吃一点文化、艺术的补汤，喝几碗书本、思想的凉茶，是多么必要！

到草屯镇演讲，听众扶老携幼听讲的热情，使我深受感动，首次赞助演讲活动的企业家汤裕新先生也终于露出笑容。他原先担心大部分草屯民众没有听过演讲，可能会冷场的忧虑也一扫而空了。

可惜演讲的时候问题还是发生了，在镇民活动中心的麦克风根本不能使用，讲出来的话嗡嗡作响，南投县县长林源朗五分钟的致辞，我一个字也听不清。我只好把麦克风拉远，声嘶力竭地向一千五百名以上的听讲民众演说，讲到后来声音都沙哑了。

好不容易撑了两个小时，下台的时候，全身的力气都耗尽了。

会后，主办这次演讲的汤裕新和曾仕良告诉我，偌大的草屯镇，人口十几万，却连一个像样一点的演讲场地都没有，更不用说音乐、舞蹈、戏剧表演了。曾仕良说："别说演讲场地，连一个像样的麦克风、音响也没有呀！"

这也使得有心想赞助地方的企业家无处着力，像汤先生是草屯人，在台中发展超市的事业非常成功，有心回馈故乡的文化活动，却不知如何是好。因为，文化活动可以找企业赞助、主办，但不能要求企业家盖一座文化中心吧！

其实，乡镇文化设施严重缺乏，不独草屯为然，全台湾省都是这样。除了各县立文化中心的所在地稍好，其他乡镇都可以归为“文化沙漠”一类，普遍缺乏表演、演讲、展览的场地，不论做什么文化活动都是事倍功半，弄得人仰马翻。

以我的家乡高雄县旗山镇为例，是一个完全没有任何文化场地的城乡，即使办一个最小型的画展也要借国民小学、搭铁架，像是到前线打仗，看了令人心痛。

文化活动的难以推展，是由于地方政治人物不重视，不把文化当成政治资源，聊备一格，可有可无。其次，纵使政治人物有心，文化经费也是不足，硬件、软件两缺，大家视办文化活动为畏途，积习既深，就更难以为继了。

在地方乡镇，渴盼文化建设，犹如苦旱之望云霓；在“立法院”，为了文建会的预算，争得如火如荼，但是，在嘉义的一个“省议员”请县民吃流水席，席开一千八百桌，打破台湾省的纪录；真是文化的一大讽刺。

我们台湾省的人民，流水席已经吃很多了，吃到很多人高血压、脑充血，到了这个时代，我们不应该只照顾自己的肠胃和泌尿系统，应该想一想救心和救脑的事。

要救心和救脑，吃一点文化、艺术的补汤，喝几碗书本、思想的凉茶，是多么必要！

为教育改革鼓掌

今日台湾省学生的负担之重、
生活之苦、心情之悲惨，恐怕已是举世仅见，
因此任何教育的改革、变化，
都是值得期待的。

期待教育有更大的改革，让孩子有更大的空间来成长。

很高兴看到台湾省通过高中标准课程的修订，觉得这是郭为藩就任后，给人民的第一件礼物。

正如郭“部长”说的：“高中课程已到了非要改革的时刻，十年前的课程标准无法因应社会潮流脉动，再拖下去只会使高中教育恶化。”

其实，何止是高中课程呢？只要有孩子在小学、初中、高中就学的家长，都很容易发现课程与生活的脱节，但是因为“联考都考那些”，我们也只好逼着孩子去苦背不合时宜的课程。

我时常会有的一个思考是，如果我们的孩子都依照目前部颁的课程来学习，小学、初中、高中的课程都背得滚瓜烂熟，最后考上大学，这些课程对其生命的开展、生活的态度会有什么益处呢？

以历史、地理的课程为例，初中与高中根本是重复的，而所读的地理，有一天走出台湾省，到了其他地方，会发现课本上所教的东西和整个世界不同步，特别是与大陆现况比照，是错误百出的。我们教着四十年前的地理，如何能让学生认识现代世界呢？

课程，非常可悲的，最后都成为考试的用途，以至于成绩好的学生勉强读诵，到上大学时一脚踢开。成绩差的学生则苦不堪言，再也没有超生的余地。

我认识一些读初中、高中的孩子，不论成绩好坏，都是读书、补习到深夜才回家，根本没有什么寒暑假或春假，甚至连星期天也要补习。他们这样牺牲青春以奉献的课程，日后会在生命中扮演怎样的角色？除了考上一所学校之外，有何用处？这些想来就十分可悲了。

近些年来，台湾省的青少年问题十分严重，可以说快要连根腐蚀了。识者常归诸社会的风气变坏，经济的变迁过速，生活的奢侈糜烂，但是很少人想到是整个教育长期僵化、恶化的结果，包括升学主义的压力，课程编排的无趣，以及人格、道德、伦理教育的缺乏等。到最后，成绩好的学生变得心高气傲，成绩差的学生则自我放逐，令人不知教育的功能或本质何在！

教育若不能唤醒人对理想的向往，不能给人以生活的态度，不能开发人的美好心灵，不能启人以仁义与关爱，不能使一代的品质胜过一代，则教育何用？

于今的教育已败坏若此，如果不能有所改革、创新，真是令人不敢想象一二十年后的情景。

所以，我们应该支持任何一个有诚意的改革，改革或有成功或有失败，总比这样拖下去要好。何况，教育失败到这步田地，再失败也不会败到哪里去了！今日台湾省学生的负担之重、生活之苦、心情之悲惨，恐怕已是举世仅见，因此任何的改革、变化，都是值得期待的。

郭为藩“部长”一贯十分强调人文的教育，他上任后明白表示中学课程要朝通识、科际整合的新方向来规划，接下来还要做高中、初中的课程改革，以养成现代的、身心健全的国民。

作为一个关心教育的人，我们应该为郭为藩“部长”鼓掌，并期待教育有更大的改革，让孩子有更大的空间来成长。

全方位的生命之爱

这是生命里难解的困局吧！
不爱惜生命的人横行于街巷，
爱生命的人却难以求生。

让我们以全方位来尊重生命，使人间有爱。

我们这个社会似乎愈来愈失去生命的爱，许多人因细故而自残自杀，而且手段日益粗暴。自杀也就算了，死前还杀害自己的妻子，或自焚找无辜的人陪葬。

对自己的生命不知爱惜，因此吸毒者一天比一天多，走私的毒品竟以“价值”百亿计算。对自己的生命不知爱惜，使得陈英豪先生写了一封公开信给全省高中职的学生家长，呼吁他们不要轻易买摩托车给孩子，因为他上任后，几乎每个晚上都会接到学生伤亡的传真报告，有时一天接到六七个。

“能自拼者，能杀人也。”一个人一旦对自己的生命不能爱护和尊重，自然也不会尊重别人的生命，因此我们会看到姑姑绑架侄女，侄儿杀害叔叔，被掳人勒索的人最后发现被自己的老朋友绑架了。

整个社会笼罩在不爱惜生命的气氛下，其实是非常冷酷和悲惨的，当一个社会不能普遍有尊重生命的认知时，不仅个人的尊严和安全不能维护，关于环境保护、人权平等、民主社会也都无由建立了。

这也不只是升斗小民的事，连位高权重的人也不能例外。我们看到“国大代表”公然打年纪可以做自己父亲的人耳光;我们看到“立法委员”用移动电话敲别人的后脑勺；我们看到“立法委员”翻桌飞跃，随便饱别人以老拳……这是对生命的不尊重。

社会虽然弥漫着伤生害命的风气，却有更多珍爱生命的人，在黑暗的角落挣扎,因贫病生活难以为继的人;辗转于病榻求生的人;醒来不知还会不会看到黎明的人：在病床边祈祷以求菩萨或基督垂怜的人。

这是生命里难解的困局吧！不爱惜生命的人横行于街巷，爱生命的人却难以求生。

当我带孩子去参加“慈济事业慈善基金会”“内政部”“金车教育基金会”举办“尊重生命”的义演时，内心十分感动。孩子是为了有很多明星偶像而参加，我则是认为应该多给孩子尊重生命的认识，透过他们崇拜的偶像明星，说不定会对他们的生命有所启发吧!

我最感动的是，平常在电影电视上的偶像明星，他们都很乐意挺身而出，为慈济盖医学院和建立全省医疗网而努力，特别是香港明星组了庞大的义演团前来献艺，使得一场晚会募得四千万元以上的慈善基金。

这证明了我时常在阐扬的理念，影视明星也是社会的精英分子，他们能做的贡献不会亚于一般的政治人物，他们的天真、善良、热情甚至比政治明星还要令人崇敬。如果偶像明星能发挥影响力，会使更多的青少年走向光明之路。

当我们都愿意布施来拯救别人的生命时，当我们都可以更深切省思自我的生命价值时，当我们都有爱与关怀来和人携手时，我们的社会才可能走入文明的社会，我们的时代也才可能是光明的时代！

让我们以全方位来尊重生命，使人间有爱。

后　记

本书是著名作家林清玄先生的一本哲理散文集。林清玄是台湾作家中最高产的一位，被誉为“当代散文八大家”之一。他的作品有《莲花开落》《冷月钟笛》《白雪少年》等，写尽世间百态，诉说禅意人生。林清玄文笔优美、文思畅达，纯净如清泉，明媚似春光，一字一句都能给人以力量的感召。

用“心静如水，人淡如菊”八个字来形容林清玄是最好不过的了。林清玄的文章，清新淡雅，如缓缓流淌的细流，温润了心田；宁静致远，如浩瀚辽阔的长空，引人无限遐思。

本书中，作者用悲天悯人的情怀，抒发了对生命的理解及感悟，构建了一个和谐优美的人文社会，带给读者无尽的哲学思考及生活感悟。

品读一篇好的文章，犹如在炎热干燥的沙漠里逢着一片绿洲。林清玄的散文看似朴实无华，却在字里行间中尽显生活的真谛。细心品味你会发现，每一篇文章都充满欣喜与感动，每一段文字都有让心灵更加透彻纯净。

时间流转，岁月留香，而林清玄的散文将经得起时光年轮的考验。在他的散文中，世间万物都可以幻化成指尖的音符，或激荡、或低沉、或悠扬、或平静，一切都取决于你自己心灵的视角和对生活的感悟。